Souffre-jour

Du même auteur

CHEZ DÉLIRES

- Jeu de rôle

Ecryme, la geste des traverses (avec Guillaume Vincent)

- Suppléments au jeu de rôle Ecryme

Les faucheurs de Brise (avec Guillaume Vincent)
Eole (avec Guillaume Vincent)
Itinérance

MNEMOS
éditions
dirigées par
Stéphane Marsan

LÉGENDAIRE

Mathieu Gaborit

SOUFFRE-JOUR

Chronique des Crépusculaires
Livre 1

ISBN 2-909934-80-2
Mnémos appartient au collectif MultiSim

A Lune, qui a bien voulu descendre sur terre.

A Guillaume, qui reconnaîtra les siens.

I

La plupart des intimes de mon défunt père entouraient la couche mortuaire. Des chuchotements discrets saluèrent mon arrivée et je surpris quelques œillades sévères. Tous ces gens me tenaient, en partie, comme responsable de sa mort. Ils dénonçaient comme lui la génération préceptorale dont j'étais le jeune représentant à cette cour. Le collège ne leur inspirait qu'un mépris bruyant, teinté de menaces. Je comprenais leur ressentiment. Préceptorale avait rompu brutalement avec les grandes traditions batailleuses qui faisaient la réputation des collèges du royaume. « Une noblesse de guerre… », un leitmotiv intransigeant, obsessionnel. Au grand dam des Principaux du pays, Préceptorale s'échinait à former des intellectuels et par là même, s'immisçait maladroitement dans le domaine de l'éducation religieuse. « Une hérésie », disaient-ils en évoquant Préceptorale.

Des mots, rien que des mots. Car dans cet art, nous excellions. Peut-être est-ce en cela qu'aucun baron n'avait encore appelé à une nouvelle Inquisition ?

Je n'ai pas la réponse. Nous gênions, c'est une évidence. Nos itinérants — qu'il me tarde d'être l'un d'eux — sillonnaient les campagnes, éduquant dans chaque bourg, chaque village. Un altruisme éducatif qui heurtait la bonne conscience des barons. L'alphabétisation avait souvent coûté à certains d'entre eux bien plus que l'une de ces guerres picrocolines qui ravageaient périodiquement le royaume.

Un toussotement explicite interrompit mes rêveries et me ramena dans la chambre du mort. C'était un signe de ma tante qui m'intimait du regard de quitter la pièce. Elle savait ma présence motivée par le seul protocole. Et, dans un murmure radouci, elle me glissa à l'oreille :

— La chose est entendue, jeune homme. Votre apparition suffit amplement aux convenances. Laissez-nous maintenant. Vous écornez la sincérité de cette veillée.

Ce cynisme, bien loin de me choquer, m'amusa. Père me l'avait enseigné à mes dépens. Seul son visage pâle et reposé m'empêcha de répondre. Je quittai la chambre sans un mot et regagnai la tour nord où j'avais mes appartements. En réalité, en guise d'appartements, je ne tenais à ma disposition qu'une petite pièce au mobilier modeste grignotée au grenier. Je ne m'y déplaisais pas outre mesure. Son dépouillement faisait écho à celui des isoloirs du collège. Un ermitage qui préservait un précieux silence, loin des rythmes fracassants du manoir. L'aile nord et ses deux tours jumelées tombaient en ruine. Personne, hormis mes proches, ne prenait le risque de monter jusqu'à ma chambre.

Dans ces circonstances, je ne manquai pas d'être étonné lorsqu'on frappa en pleine nuit à ma porte. La journée s'était achevée avec les dernières condoléances des membres de la famille et je n'attendais personne. Mal réveillé, j'ouvris ma porte. Filmir, l'un des serviteurs de mon père, se tenait sur le seuil, portant une lanterne capuchonnée.

— Pardonnez-moi, Messire, mais le... baron désire vous voir.

— A cette heure ?

Je ne cachai pas mon agacement. Il reprit d'une voix mal assurée :

— Eh bien, l'affaire, m'a-t-il dit, ne souffre aucun délai. Et votre présence est impérative.

— Je te suis, Filmir.

Le baron..., pensais-je tout en emboîtant le pas à Filmir. Mesume, mon demi-frère. La baronnie lui revenait de droit depuis mon refus officiel de prendre la succession. J'avais une piètre opinion du personnage. En ersatz de mon père, il tenait invariablement le même discours piochant, ici et là, dans les archives des scribes de la baronnie les bons mots de Père. Personne n'était dupe, sans toutefois s'en plaindre. Notre époque voulait sans doute qu'un discours connu et rassurant fasse meilleur effet qu'une politique sans expérience. J'avais rencontré Mesume en privé à plusieurs reprises. A chaque fois, il ne tarissait pas d'éloges pour Préceptorale, trop heureux qu'elle m'ait conduit à refuser la succession. De lui, je ne retenais que ses longues parades dans les jardins du manoir, entouré de ses courtisans. Depuis le matin, il arborait un costume princier étoilé de colifichets. Un baroqueux de la pire espèce...

— Votre sœur sera présente, me dit tout à coup Filmir.

Je lui répondis par un sourire. L'étroite complicité qui nous unissait, ma sœur et moi, forçait le peu de respect que l'on me témoignait encore. Son « parrainage » m'avait évité de plus sérieux désagréments que quelques regards courroucés. Son mariage prochain avec le principal du collège d'Ulmo l'expliquait d'une certaine façon. Mais cette femme — le mot sonne étrangement pour parler de ma sœur — veillait avec une étonnante énergie sur le manoir. Son efficacité la rendait indispensable pour gouverner une maison comme la nôtre. Mesume, bien trop occupé à paraître, n'avait pas encore fait mine de lui retirer ce rôle d'administrateur.

Filmir avait baissé un peu plus le rayonnement de la lanterne, nous permettant tout juste de distinguer nos pieds.

— Voyez-vous, Messire, murmura-t-il, cette rencontre doit rester discrète.

J'acquiesçai, bien que la cause m'échappe. Je ne voulais qu'une seule chose : quitter le manoir dès le lendemain matin. Quitte à satisfaire les caprices de ce damné Mesume.

Nous parvînmes par des chemins détournés aux appartements de ma sœur Ewelf. Elle m'attendait dans l'ombre, au bout du couloir. Son visage troublé eut raison de ma nonchalance. Le tressaillement nerveux de ses mains et son front plissé me firent subitement réaliser l'étrangeté de cette réunion que rien, en définitive, ne justifiait. Je la suivis, gagné par l'inquiétude.

Je pénétrais à sa suite dans l'un de ces petits salons qu'elle affectionnait, recouverts de tentures ocres et meublés à l'excès. Deux étrangers occupaient la pièce avec mon demi-frère. Le premier, un grand échalas au regard torve, se contenta de hocher la tête à mon entrée et s'empara aussitôt d'un écritoire posé à ses pieds. Le second, plus petit, était assis dans un large fauteuil au fond de la pièce, les coudes posés sur les accoudoirs et les mains jointes au-dessus des genoux. Une calotte d'un gris terne épousait le haut de son crâne et le reste de son visage disparaissait sous une épaisse barbe rectangulaire. Ses yeux, vert-de-gris, avaient le pétillement calculateur d'un maître préceptoral. Mais il n'était pas l'un d'entre eux. Je m'en assurai en jetant un œil sur son pouce gauche : nulle trace de l'anneau préceptoral.

— Messire, nous n'attendions que vous, me dit l'homme à l'écritoire, avec un sourire crispé.

Je lui répondis d'un signe de la main et vint me placer auprès d'Ewelf. Je distinguais maintenant le visage de Mesume. Il se contentait d'observer, les paupières à demi baissées.

— Voilà Pardiem, dit Ewelf en me montrant l'homme assis. Et son aide, l'échevin Deséade, ajouta-t-elle en désignant l'homme à l'écritoire.

Ce dernier trempait déjà sa plume. Sans lever les yeux, il déclara :

— Agone, Pardiem et moi-même sommes ici mandatés par votre oncle, le baron de Rochronde, pour vous soumettre le testament oral que feu votre père nous confia sous le sceau du Trait Blanc.

Je masquai difficilement ma surprise. Le Trait Blanc était synonyme de magie ! Etait-il possible que Père se soit dévoilé avant sa mort à un mage alors qu'il avait toujours refusé, de son vivant, qu'un seul d'entre eux puisse siéger à la cour ? Et surtout Père se méfiait des formes testamentaires et, en particulier, de celles que l'on disait

« orales ». Un mot d'un maître préceptoral me vint à l'esprit. Il soutenait que le testament oral était un pas de plus de la part des mages pour s'immiscer dans les affaires du royaume. L'échevin leva brusquement les yeux sur moi :

— Peut-être ignorez-vous en quoi consiste le testament oral ? dit-il d'une voix suave.

— Quelques échos très théoriques. Je n'ai jamais assisté à ce genre de démonstration. Beaucoup s'en méfient, échevin…

Je laissai volontairement ma phrase en suspens, attendant une réponse cinglante. Je voulais provoquer ces deux visiteurs, faire glisser le masque. Seul l'échevin plissa légèrement les lèvres.

— Le Trait Blanc est au-dessus des lois, dit-il.

Les mots tombaient avec les accents d'une formule éculée.

— La magie réalise la délicate alchimie de la fluidité du texte et de son exactitude, continua-t-il. Naturellement, le fond ne change pas ou dans les strictes limites fixées par son auteur. Comprenez-moi, le testament peut être un bloc uniforme, sans nuances. Mais il peut également se ramifier en fonction des questions, de *vos* questions. Et les possibilités sont infinies. Pour certains, des soupirs doivent pouvoir modifier la fin d'une phrase. Chaque testament a ses finesses. Tout est permis tant que l'auteur du testament l'a voulu. Le plus souvent, naturellement, seule la forme est malléable. Mais certains prennent un malin plaisir à dissimuler un fait, un lègue important. Il s'agit pour ceux qui écoutent le testament d'un jeu pervers qui valorisera les plus perspicaces, ceux qui découvriront, dans le dédale des phrases, les mots qu'il faut pour entendre l'heureuse nouvelle.

Deséade s'interrompit brutalement et baissa la tête. Un silence pesant envahit le salon.

Ewelf, la première, prit la parole :

— Hâtons-nous, de grâce. Ce petit cercle n'échappera pas très longtemps à la curiosité des serviteurs.

— Oui, très juste, souffla Deséade.

De nouveau, il trempa religieusement sa plume dans l'encrier et d'une voix solennelle annonça :

— En ces lieux, le manoir de Rochronde, Pardiem, de l'Académie éclipsiste, va soumettre le testament de feu baron de Rochronde à son fils Agone de Rochronde.

Je notai à ma droite que le visage de Mesume semblait s'éveiller à la scène et qu'il devenait subitement plus attentif.

Pardiem dégrafa lentement son col, révélant un foulard gris noué autour du cou. *Le* foulard gris, l'estampille du Cryptogramme-magicien.

Préceptorale nous avait très vite enseigné les distinctions académiques : le foulard gris aux Eclipsistes, le noir aux Obscurantistes et le blanc aux Jornistes. Et Pardiem était Eclipsiste. Les pires, m'avait confié l'un de mes professeurs, maître Guillaume. « Ils utilisent la magie comme un moyen. La magie n'a pas de fin en soi pour un membre de l'Eclipse. Une magie opportuniste, imprévisible. La plupart des illusionnistes sont Eclipsistes, naturellement. Préceptorale a toujours pu composer avec les Obscurantistes ou les Jornistes. Leur démarche est souvent logique, elle obéit à un schéma, celui de l'ordre qu'ils représentent. Un ordre, qu'il soit bon ou mauvais, se place aux extrêmes et devient de la sorte plus prévisible. Mais l'Eclipsiste, lui, est un individualiste forcené, utilisant sa magie comme bon lui semble... »

Pardiem détacha son foulard et l'étala sur ses genoux. Nous l'entendions tous murmurer des mots étranges, une abstruse litanie aux sombres consonances. J'essayai tant bien que mal de suivre le ballet silencieux de ses mains au-dessus du foulard.

Celui-ci se rigidifia peu à peu pour devenir pareil à une fine plaque de métal. L'enchantement avait fait son œuvre. On distinguait sur les pourtours de la plaque de curieuses arabesques noirâtres. Soudain, Pardiem suspendit ses gestes. Les arabesques du foulard s'animèrent, serpentant comme de petits vers sur la surface de la plaque. Les mains de l'Eclipsiste commandaient à ces traits animés qu'elles effleuraient, les guidant dans une sarabande à laquelle nous n'entendions rien. Le mage suspendit une nouvelle fois son geste. Les traits, sur le foulard, devinrent des filaments qui s'élevèrent à hauteur de son visage. Et là, flottants, ils s'enlacèrent pour accoucher d'une forme octogonale qui n'était pas sans rappeler cette pierre brillante que les Eclipsistes portent, enchâssée au creux du poignet.

La forme pivota lentement sur elle-même et la voix de Père en surgit. Hormis l'échevin, nous eûmes tous le même sursaut de frayeur.

— Agone, mon fils, dit la pierre qui tournoyait toujours devant les yeux de Pardiem, le Trait Blanc dissuadera les poussiéreux de ton collège de remettre en cause la validité de ce testament et surtout son exécution.

Malgré le feu qui crépitait vigoureusement dans la cheminée, je frissonnai. Le ton était glacial, intransigeant. Lorsque Deséade avait laissé entendre que le testament m'était directement adressé, j'avais imaginé une confession posthume. J'attendais l'assentiment d'un père que les traditions avaient retenu de son vivant, quelques mots qui lui feraient dire qu'il acceptait que je devienne itinérant. Mais cette voix si terriblement vraisemblable, comme si Père eût été tout près de moi, était celle d'un juge. Le ton était, je le pressentais, celui d'une sentence. Autour de moi, plus personne ne bougeait et tous retenaient leur souffle, conscients de la gravité du moment.

— Je n'ai rien dit durant ses longues années, Agone. Ton arrogance a jeté un discrédit irréparable sur notre baronnie. J'ai dû supporter l'affront d'un fils refusant la succession de son propre père pour préférer le métier de saltimbanque. Tu m'as appris la honte, Agone. Quel plaisir vas-tu donc retirer en jouant le bouffon auprès des culs-terreux ?

Ses mots claquaient comme un gréement devenu fou. J'entendais le crissement de la plume de l'échevin courant sur le papier, insecte de la mémoire. Je fixai les lèvres du mage. Je voulais y voir celles d'un ventriloque surdoué qui aurait fait de cette voix une mascarade, une plaisanterie de mauvais goût orchestrée par ce maudit Mesume. Je voulais interrompre ce discours hargneux, faire comme le disait Deséade et intervenir. Père espérait-il que je me taise comme j'avais coutume de le faire de son vivant ? Peut-être attendait-il une fierté idiote qui m'aurait fait crier plus fort que lui, brailler comme ses amis barons pour se faire entendre au milieu du fracas des beuveries ? Mais je restai incapable d'articuler un seul mot. Etait-ce la magie qui me scellait ainsi les lèvres ?

— Je n'ai pas voulu t'imposer la baronnie, Agone. Tu aurais été capable de négocier une tutelle déshonorante pour t'en débarrasser, comme tu t'es débarrassé de moi, conforté par tes diables de professeurs. L'image du guerrier crotté et bourru leur plaît, n'est-ce pas ? Ils t'ont pétri d'égoïsme, mon fils. Vous éduquez ! Quelle belle idée ! Crois-tu qu'un paysan se suffise de savoir lire le jour des récoltes ? Crois-tu que vos discours et vos livres aient arrêté les pillages et les guerres ? Vous devenez bien étrangement sourds quand la famine guette, quand l'ennemi s'arme de nouveau. Votre petite besogne est bien trop noble pour que vous deviez, en plus, vous soucier de ce qui peut advenir de ces hommes une fois qu'ils savent lire ou écrire leur nom. Tu penses sans doute agir pour leur bien. En réalité, tout ceci est l'œuvre de lâches. Il vous fallait un alibi pour vivre loin des réalités ensanglantées du royaume. Je n'ai jamais eu la force de respecter ton collège, Agone. Vous vous êtes contentés de trois ou quatre paysans sachant tenir les registres du bourg et la chose était entendue. Vous voudriez tellement servir à quelque chose, œuvrer pour la bonne marche du royaume. Mais regarde donc,

Agone, les réalités de votre enseignement. La plume doit servir l'épée ou la magie. Il n'y a pas d'alternative. Es-tu déjà à ce point aveuglé, Agone, pour croire que tu es réellement utile à ce royaume, ou même à notre baronnie ?

Tu l'as été pourtant. Ce passé que tu renies aveuglement, il reste tapi quelque part, attendant son heure. L'endoctrinement préceptoral n'aura pas raison de ce que je t'ai offert. Rappelle-toi, mon fils, rappelle-toi ces nuits sans lune où ton père t'emmenait dans les Bas-quartiers de notre vieille Lorgol. Souviens-toi d'Aigrelame, de Petitombre et des autres. Souviens-toi de ces courses sanglantes, de ces voleurs qui vous menaient la vie dure. Toutes ces nuits, vous *appreniez*. Tes amis, eux, ne t'ont pas oublié et ont choisi la voie pour laquelle ils étaient destinés. Tu sais de quoi je parle, Agone. Tu ne pourras pas effacer d'un coup de plume ce passé si prometteur. Et tu vas faire comme eux, tu vas rejoindre un collège digne de ce nom.

Mon esprit se déchira comme une vieille toile. Je me mordis les lèvres jusqu'au sang, serrai les poings pour ne pas hurler. Péniblement, j'articulai, comme s'il pouvait m'entendre :

— Non, Père, je vais à Préceptorale.

Je vis distinctement le visage du mage se contracter, cherchant sans doute dans le dédale du testament la réponse appropriée.

— Oh... si, Agone. Tu vas sans tarder gagner le collège auquel je te destine. Mais je ne désire pas être ton bourreau. Tu vas rejoindre ce collège pour y demeurer six jours. A la suite de quoi, tu seras libre d'y rester ou de revenir à Préceptorale.

La pierre cessa de parler. Ewelf se pencha de mon côté :

— Demande-lui le nom du collège, allez... demande-lui, murmura-t-elle.

— Quel est le nom du collège, Père ?

Une nouvelle fois, le mage sembla se concentrer, le visage crispé. Je restais pétrifié. Ainsi donc, Père m'interdisait une dernière fois, au-delà de la mort, de rejoindre définitivement Préceptorale. Mais il restait le naïf que j'avais si souvent trompé. Six jours, six petits jours à courber l'échine. Il eut fallu tout le directoire de Préceptorale pour me faire renoncer à l'Itinérance. Les boniments mielleux d'un principal, si adroits fussent-ils, n'y feraient rien.

— Le collège du Souffre-jour, mon fils.

Le Souffre-jour... Mes amis en parlaient parfois. Un collège de légende que l'on réservait soi-disant aux mauvais garçons. On le disait peuplé de principaux tortionnaires, serviteurs d'une éducation carcérale et sans âme. Personne ne croyait vraiment à l'existence de ce collège. Et pourtant,

Père venait de lui donner corps. J'imaginai sans peine ce qui pouvait l'avoir motivé. Il était trop lâche pour me frapper lui-même. Malgré lui, il redoutait que je puisse le juger. Il ne voulait pas accréditer l'image d'un guerrier sans finesse, dévoué à l'épée et au sang. Mort, il laissait à d'autres le soin de briser ma volonté par la force. Qu'espérait-il ? Ce genre de traitement ne ferait que renforcer mes convictions. Je me sentais à l'aise dans la peau d'un martyr. Une seule chose me chiffonnait réellement : la présence des mages. Etait-ce, comme il le prétendait, pour se justifier plus facilement vis-à-vis de Préceptorale et empêcher qu'elle mette tout en œuvre pour que je rejoigne pas le collège du Souffre-jour ? Qu'importe ! J'étais tiré d'affaire, je sortirais sans encombre de ce collège au nom inquiétant. Malgré les sombres perspectives de cette épreuve, je me sentais libéré, confiant, sachant à quoi m'attendre. Je souris à Ewelf, serrant fortement ses petites mains glacées.

La pierre, après un long silence, reprit la parole :

— Dès cet instant, je suspends d'éventuelles cérémonies pour l'accession au titre de baron de Rochronde. Ton oncle continuera d'administrer nos terres pendant ton séjour au Souffre-jour et, ce, quelle qu'en soit la durée...

La voix laissa délibérément en suspens ces

quelques mots, me donnant le soin d'en peser les conséquences.

— Passé ce délai, ajouta-t-elle, si tu tiens toujours à rejoindre tes moines, je ne m'y opposerai plus. Par contre, si tu restes au Souffre-jour, ton renoncement à la baronnie sera considéré comme non avenu et tu rentreras en possession de tes terres légitimes.

Je ne pus dissimuler un sourire. Jetant un œil sur Mesume, je vis les gouttes de sueur qui traçaient, sur son maquillage, de fines nervures blanchâtres. Un rictus haineux tordait sa bouche. Il saisit mon regard et bondit de son fauteuil :

— Une mascarade, hurla-t-il.

Sur son visage décomposé, le maquillage finissait de se flétrir, dessinant d'innombrables petites rides. Le précieux devenait un vieux fou :

— Tout est prêt ! La cérémonie a lieu dans trois jours, continua-t-il d'une voix grinçante. Trois jours ! De nombreux barons vont faire le déplacement et vous voudriez que j'annule tout cela sur la foi d'un testament douteux.

Je vis le mage tressaillir pour de bon. Ses yeux avaient l'éclat du feu, ils fixaient avec une intensité dévorante le pauvre Mesume. Je craignis un instant pour sa vie. Que pouvait-on attendre d'un Eclipsiste ? Mesume répondit à ce regard pénétrant, en lui opposant ses rêves de gloire. Son titre lui échappait brusquement, retardé par un testament sorti de nulle part.

La voix de Père retentit à nouveau :

— Mesume, tu es un jeune bâtard. Un homme sans intelligence à qui la fourberie et surtout les circonstances ont permis de prétendre à ma succession. Cela ne te donne pas le droit de discuter la validité de ce testament. Le Cryptogramme-magicien est là pour s'assurer que tout se passe selon *ma* volonté. Ne les oblige pas à convoquer un censeur.

L'argument porta et Mesume se rassit, s'enfermant dans un mutisme rageur. Il savait pertinemment que sa position était encore trop précaire pour s'opposer à une décision officielle du Cryptogramme-magicien. Le titre lui échappait et, ce, par ma faute. Soudain, j'eus conscience qu'il devenait, par la sorte, un ennemi mortel. Je redevenais le seul homme qui puisse légalement le priver de la baronnie. Dorénavant, il me faudrait me méfier de lui. Je lisais dans ses yeux une sombre détermination. Tenterait-il de me faire disparaître ? Je ne me préoccupai pas plus longtemps de la question. Ewelf venait d'attirer mon attention et me montrait le mage :

— Il doit se dire que tu n'as pas d'autres questions, me glissa-t-elle à l'oreille.

En effet, le visage du mage se relâchait comme s'il laissait s'échapper le testament. De toute façon, je n'avais rien à ajouter. Quelques instants plus tard, la pierre se désagrégea et les filaments redevinrent des runes aux quatre coins du foulard.

Nous étions dans le couloir. Mesume nous avait quittés, prétextant de sa fatigue, et s'en était allé, d'un pas nerveux vers quelque affaire obscure. Allait-il déjà prendre ses dispositions pour m'empêcher de rejoindre le collège ? L'idée ne me déplaisait pas, en soi. Mais Mesume ne se contenterait pas de m'intimider. Un assassin pouvait mettre facilement un terme à la menace que je représentais...

Pardiem se tenait à mes côtés. L'échevin était resté en retrait, plongé dans la pénombre. Ewelf était encore là. Sa présence me rassurait, elle m'empêchait de céder à la panique et de fuir le manoir pour me réfugier, comme un enfant, derrière les hauts murs de Préceptorale.

Le mage prit mes mains dans la sienne :

— Agone, nous devrions partir dès cette nuit. Le choix de votre père d'inviter Mesume à la lecture du testament n'était pas innocente. Il voulait, à sa façon, servir votre promptitude à rejoindre le Souffre-jour.

— En savez-vous un peu plus sur ce collège ?

— Nous en reparlerons lorsque nous serons partis. Pour le moment, je tiens à mettre le plus de distance possible entre le manoir et vous.

Mesume ne s'attaquera pas à moi, j'en suis persuadé, mais rien ne l'empêche de s'en prendre à vous. Il trouvera, si on lui en laisse le temps, des brigands pour accomplir cette besogne. Une fois au Souffre-jour, vous serez en sécurité.

— Comment pouvez-vous en être si sûr ?

— Croyez-moi sur parole, Agone…

Sa silhouette et celle de l'échevin se fondirent dans l'obscurité et nous restâmes avec Ewelf quelques secondes dans un profond silence.

— Allons, viens maintenant, il faut réunir tes affaires, mon frère.

Je la suivis, l'esprit en désordre, ne sachant que faire. Pouvais-je braver l'autorité cryptogrammiste et prendre la fuite dès maintenant ? Même Préceptorale refuserait de me cacher aux yeux des mages, si encore elle le pouvait. Alors, il me fallait suivre Pardiem et accepter docilement ces six jours d'inconnu. La tâche, en définitive, n'avait rien de bien terrible. Contraignante, voilà tout. Je suivis ma sœur bien-aimée dans le lacis des couloirs du manoir. Je laissais ma main effleurer les murs. Je restais persuadé que je goûtais là mes derniers instants au Manoir et je pris plaisir à *sentir* les pulsations de la pierre de mon enfance, chair inerte et indétrônable.

Une fois à l'abri des regards, dans ma mansarde, Ewelf me prodigua ses derniers conseils tout en constituant un petit ballot où elle entassa mes maigres affaires. Nous gagnâmes ensuite les grandes portes du manoir où nous attendaient déjà Pardiem et l'échevin. J'embrassai silencieusement ma sœur, conscient de lui dire adieu.

Elle me prit dans ses bras, me serrant avec une force désespérée :

— Attention, Agone, méfie-toi autant de Mesume que de Pardiem.

Je voulus lui répondre, mais elle posa un doigt sur mes lèvres, le regard faussement sévère. Je resserrai mon étreinte une dernière fois et la laissai pour enfourcher mon cheval. Pardiem regardait vers la route qui serpentait un peu plus bas dans le vallon. L'échevin attendait près de lui, le visage fermé.

— Allons-y, leur dis-je.

Le mage hocha la tête et notre petite compagnie s'engagea sur le chemin qui descendait vers la route. La pleine lune nimbait la scène d'un tissu argenté et je frissonnai, épelant à voix basse ce nom étrange : « le Souffre-jour… le Souffre-jour ».

II

Nous avions mis plus d'une dizaine de lieues entre le manoir et nous lorsque l'aube se leva. En ces temps d'automne, le ciel charriait de lourds nuages noirs et leur cortège de pluies. Notre allure s'en trouva bientôt ralentie et nous progressâmes lentement le long des sentiers boueux. Pardiem avait préféré quitter la grand-route pour les chemins de campagne. Une campagne repliée sur elle-même, attendant avec appréhension l'hiver qui allait suivre.

Malgré une large cloche dont m'avait pourvu Ewelf, je ne tardai pas à être trempé. Une averse particulièrement violente me laissa ruisselant, les yeux mouillés, incapable de voir à plus de trois mètres. Je suivais avec peine les silhouettes fantomatiques de mes deux guides et priais pour que nous trouvions rapidement une auberge confortable et un bon feu de bois. Elle apparut au milieu de l'après-midi, au bord de la route, vieille bicoque aux allures de ferme. Son enseigne pendait au bout d'une vieille tige de fer. On pouvait lire : *Au Temps perdu*. Il y avait une écurie et nous pûmes mettre les chevaux à l'abri.

L'intérieur de l'auberge était constitué d'une pièce unique où traînaient quelques tables branlantes. L'aubergiste, un paysan massif au visage rougeaud, nous accueillit chaleureusement, fort surpris de voir des étrangers à cette époque. Il nous servit une soupe chaude de lard et de choux. Ma faim vint à bout de son goût âcre.

Repu et confortablement installé près du feu, je me décidai à questionner Pardiem :

— Parlez-moi du Souffre-jour, maintenant...

Il me fixa longuement, plongeant ses yeux dans les miens, y cherchant je ne sais quel secret :

— Ce collège a toujours privilégié le mystère. Votre père m'a choisi parce qu'il savait que j'entretenais une correspondance depuis plus de trois ans avec des confrères qui enseignent au Souffre-jour.

— Y enseigne-t-on la magie ?

Je ne cachai pas mon désarroi. Quel était donc ce collège où la magie pouvait côtoyer des disciplines comme la diplomatie ou l'art de la guerre ?...

— Non, il ne s'agit pas réellement de cela, répliqua-t-il. Je vais décevoir votre curiosité, Agone. Les principaux du Souffre-jour apprécient que leurs élèves parviennent jusqu'à eux sans idée de la teneur de leur enseignement. Votre formation commence dès vos premiers pas dans le collège. La façon dont vous appréhenderez ses structures et ses finesses constitue déjà une épreuve. Ne soyez pas trop inquiet, vous portez les signes du crépuscule, vos yeux ont l'éclat voilé de la lune. Vous saurez parfaitement vous fondre au sein du Souffre-jour.

— Mais je ne le veux point ! Croyez-moi ou non mais, dans six petits jours, j'aurai quitté ce collège, quelle que soit sa nature, pour ma tendre Préceptorale et...

Je m'interrompis, venant de saisir le sourire entendu de Pardiem. Il me regardait comme l'on regarde un jeune fou professant de joyeuses inepties. Il m'agaçait prodigieusement. Je n'eus pas l'occasion de le lui dire. La porte de l'auberge s'ouvrit et trois petites silhouettes pénétrèrent dans l'auberge. Le silence se fit.

Des farfadets. Je n'avais guère eu l'occasion d'en croiser au cours de mon noviciat. Notre vocation supposait que nous arpentions les campagnes et les farfadets avaient depuis longtemps préféré les cités à nos collines. On les disait princes-voleurs ou assassins, parfois bouffons. Ils servaient autant le sang que le spectacle. Deux façons, en somme, de se jouer des hommes...

J'observai attentivement le premier. Il mesurait moins d'un mètre pour un corps longiligne et gracieux. Son visage était celui d'un enfant au nez taquin et aux lèvres extrêmement fines. Ses yeux, pourtant, démentaient l'innocence d'un jeune homme. D'un vert sombre comme celui d'un marécage, ils reflétaient la noirceur d'une vie citadine meurtrière et sordide. Il était vêtu à la manière de ses gentilshommes précieux que l'on croise parfois dans les grandes cours. Une veste vermeille ceinturée à la taille par une cordelette de soie noire, un pantalon étroit d'un rouge vif et un large chapeau orné d'une grande plume grise. L'impression était saisissante. En le regardant sans s'attarder, on aurait dit un jeune écervelé sans consistance, habillé outrageusement. Mais il suffisait de planter ses yeux dans les siens pour y lire une sombre ambivalence, l'étoffe d'un comédien à l'âme sanglante.

Les deux autres s'étaient glissés sans un mot de part et d'autre de la porte d'entrée. Leur mise était plus discrète. Ils portaient des vêtements sombres et leur visage disparaissait à moitié sous une large capuche. Je remarquai qu'ils portaient la rapière au côté. Celui qui avait retenu mon attention, leur chef sans doute, s'approcha de notre table et se hissa dessus avec agilité. Debout sur cette table, il nous toisait avec ostentation, un sourire malin au coin des lèvres.

Pardiem leva les mains et dit :

— Alors, Lerschwin, as-tu quelques bonnes nouvelles pour moi ?

Les deux se connaissaient apparemment. Rien de très surprenant. Les mages frayaient souvent avec ce genre de créature.

— Oui, Messire Pardiem, comme de coutume lorsqu'il s'agit de me confier une affaire délicate, répondit le farfadet.

Sa voix était anachronique. D'une gravité excessive, elle avait les accents gutturaux d'un dialecte nordique. On aurait dit celle d'un barbare dans la force de l'âge. Ce Lerschwin devait jouer à merveille avec une voix pareille.

— Nous a-t-il fait suivre ? questionna Pardiem.

— Oui, comme vous le soupçonniez. Mais sa manœuvre a été plus subtile, plus adroite que celle à laquelle je m'attendais.

— Comment cela ?

— Il n'a reculé devant aucun sacrifice pour s'assurer que vous tomberiez dans une embuscade. La nuit dernière, nous attendions dehors. Vous avez quitté le manoir à l'heure prévue, mais Mesume vous avait précédés. Il était accompagné, d'ailleurs.

Le visage de Pardiem se ferma comme si, subitement, la conversation lui échappait.

— Vous êtes surpris, Messire Pardiem. Non, ne le niez pas, vous m'aviez assuré qu'il quitterait sans doute le manoir à bride abattue pour cette abbaye abandonnée et ses francs-voleurs. J'avais placé l'un de mes hommes là-bas. Il n'a pas eu besoin d'intervenir. Mais tout cela n'a guère d'importance. Non, il me faut vous parler de cette personne qui accompagnait Mesume, un invité de marque, inattendu.

Pardiem paraissait de plus en plus inquiet. Deséade, à ma gauche, avait glissé sa main droite sur la poignet de son écritoire. L'atmosphère s'alourdissait à chaque instant, prévenant d'un danger imminent. Se pouvait-il qu'il faille redouter quelque chose de ces créatures ? Elles m'effrayaient et je cherchai sur le visage de mes compagnons un signe qui puisse faire taire mon appréhension. Peine perdue. Ils fixaient tous deux le farfadet avec une intensité déplacée et je serrai mes mains pour éviter qu'elles ne tremblent.

— Un lutin, Messire Pardiem. Fichtre ! Pouvais-je me douter qu'il puisse avoir ce genre de fréquentation ? Un nobliau opportuniste avec un crotteux !

L'animosité entre farfadet et lutin était bien connue. Si les premiers avaient préféré la cité, les seconds avaient choisi les forêts, ses bois touffus et impénétrables où ils vivaient en toute sécurité. Les deux peuples se haïssaient franchement…

— Alors, vous imaginez, Messire, je ne pouvais pas laisser passer l'occasion. Une question d'atavisme. Je suis farfadet et il est lutin. J'ai fait chanter mon arbalète. Il est mort sur le coup, ce faquin. Et Mesume qui roulait des yeux affolés, croyant que viendrait son tour. (Il éclata d'un rire caverneux et sinistre.) Leur connivence m'a mis la puce à l'oreille, je dois dire. J'ai questionné ce cher Mesume avec la finesse qui me caractérise et il m'a offert *presque* volontairement de doux détails sur les lutins de Pavej. Un village de lutins qui ne cesse de nous causer de petits tracas. Mais il fallait un échange en bonne et due forme. Et me voilà serviteur de Mesume !

Il n'avait pas plutôt achevé sa phrase qu'il bondissait en arrière et se retrouvait à trois mètres de notre table, une arbalète de poing dans chaque main. Il souriait horriblement, satisfait de sa mise en scène. Ses deux compères s'étaient placés devant la porte, la rapière dans la main.

— Comprenez, Messire Pardiem, dit Lerschwin. Je me suis lassé de vos ferrailles brillantes et de leur magie de pacotille. Il me faut plus, beaucoup plus. En offrant à mes maîtres la route pour Pavej, je gagne mon avenir. Vous aurez fait de moi un prince, Pardiem, soyez-en remercié.

Tout en parlant, il tournait autour de nous comme un danseur. Je ne pouvais détacher mes yeux des pointes acérées des carreaux de ses arbalètes, feux follets aux reflets métalliques. Deséade, pendant ce temps, n'était pas resté inactif. Il avait subrepticement entrouvert son écritoire et tenait désormais une petite plume dans chaque main. Avait-il l'intention de noter la scène pour quelque chronique posthume ? Pardiem, lui, avait ses deux mains sur sa ceinture d'où pendaient des dizaines de petites poches en cuir. Des ingrédients pour ces sortilèges, pensai-je. Lerschwin tergiversait. Sa voix rocailleuse emplissait l'auberge de sons martiaux. J'étais incapable de bouger ni même d'articuler un seul mot.

Soudain, Deséade ouvrit le poing et lança avec une incroyable rapidité ses deux plumes dans la direction de Lerschwin. La scène se déroula au ralenti. Les plumes, devenues fléchettes, oscillèrent dans l'air pendant un bref instant et fusèrent brusquement sur le farfadet. Elles se plantèrent, avec une extraordinaire précision, dans ses poignets.

Le sang coula. Il émit un son inarticulé et lâcha ses armes. Ses deux complices bondirent aussitôt et furent sur nous en un instant. Pardiem, levé, articula deux mots et lança vers eux plusieurs petits objets *hurlants*. Etait-ce le fruit de mon imagination ou avais-je bien vu de minuscules créatures jaillir de la main du mage ? Lerschwin, qui s'était relevé, se dirigea tant que bien que mal vers la porte. L'enchantement de Pardiem me sauva. Je restais les bras ballants alors que l'un des farfadets se fendait déjà pour me transpercer avec sa rapière lorsqu'il s'immobilisa, figé dans une posture grotesque. La pointe de la rapière s'était arrêtée à quelques centimètres de mon visage. Son compagnon, qui s'apprêtait de la même manière à embrocher Deséade, subit le même sort. Je regardai vers la porte. Lerschwin avait disparu.

Pardiem s'affaira quelques instants sur le corps des deux farfadets pétrifiés, comme s'il cherchait quelque chose. Il se releva, souriant, et entraîna Deséade à l'écart.

La scène n'avait sans doute pas duré plus d'une minute et je jurais en moi-même. J'étais réellement honteux d'être resté ainsi impuissant, livré aux humeurs des farfadets. Pour la première fois depuis de longues années, j'adressai un reproche silencieux à Préceptorale qui avait fait de moi ce garçon incapable de se défendre. D'un œil jaloux, j'observai mes deux guides conversant à voix basse. Je pris réellement conscience de ma faiblesse et cette idée me révulsa. Cette violence soudaine, inattendue, me laissait tout compte fait douteux et aigri. Je savais avoir succombé aux charmes des démons de la guerre et du sang. Ils me souriaient dans l'ombre, m'encourageaient, me susurrant le passé des ruelles tortueuses de Lorgol. Avec toute la clairvoyance possible, je les ignorai, fidèle encore à Préceptorale. Mais quelque chose avait rompu le charme exclusif de mon cher collège. J'entrevoyais une autre vie, un autre avenir. Deséade me toucha l'épaule et je chassai ces idées morbides de mon esprit.

— Nous allons partir immédiatement, Agone. Lerschwin pourrait revenir avec force et nous tendre une embuscade plus sérieuse. Hâtons le pas et nous serons demain au Souffre-jour !

J'obéis sans un mot.

L'épisode des farfadets n'en finissait plus d'accaparer mon esprit. Agacé, je m'enfermai dans un mutisme renfrogné. Mes deux guides comprirent et m'ignorèrent sans poser de question. Nous avancions dans la nuit. La lune haute éclairait suffisamment notre route pour que nous nous passions de torche. A l'aube, nous distinguâmes à l'horizon les falaises crayeuses de la côte et la mer nous apparut bientôt. Nous fîmes halte dans une petite auberge d'un village côtier.

— Nous touchons au but, me confia Pardiem au cours du repas. Vous serez rendu à la fin de la journée. Nous attendrons près du collège pendant six jours afin de nous assurer que vous respectez bien le testament... Ensuite, vous choisirez comme bon vous semble ce qui convient de faire. Nous ne serons plus là à partir de ce moment. Gardez-vous de Mesume. Je doute qu'il renonce si vite à vous faire disparaître.

Sur ces paroles sinistres, nous finîmes de déjeuner rapidement pour reprendre la route. Lorsque le soleil commença à décliner, je distinguai, au loin, une ligne étrange, une sorte de bras de terre étroit qui s'éloignait vers le large. Un ouvrage signé de la main de l'homme ? Au fur et à mesure que nous approchions, je pus me rendre compte qu'il s'agissait là d'un effet d'une nature capricieuse. La bande de terre, large de moins de trois ou quatre mètres partait de la côte et disparaissait à l'horizon. Mais l'homme était étranger à ce curieux phénomène. Par quel miracle la mer avait-elle ainsi épargné ce bout de terre ? J'avais le pressentiment qu'il me faudrait voyager sur ce curieux chemin. Les regards attentifs de Pardiem, à l'horizon, le confirmèrent. Soudain, au détour de la route, apparut un petit escalier, à flanc de falaise, taillé dans la pierre. Cinquante mètres plus bas commençait le chemin sur la mer…

— Venez avec moi, Agone, me souffla Pardiem.

Sa voix ne souffrait aucun commentaire. Deséade me fit un signe de tête. Me disait-il adieu ? Je lui répondis d'un signe de la main et emboîtai le pas au mage. Les marches descendaient jusqu'au chemin. Une fois en bas, Pardiem se tourna vers moi, m'empoigna les épaules de ses mains frêles et me dit :

— Tu continues seul, Agone. Le Souffre-jour

est au bout. Tu y seras en moins de deux heures si tu marches à bonne allure. Nous attendrons ici.

Il remonta rapidement les marches sans me laisser le temps de lui poser de question. J'étais seul, désormais. Décidé à régler cette affaire au plus vite, je m'engageai résolument sur le chemin. Il laissait une impression étrange. Etait-il réellement naturel ? L'agencement des pierres était parfois si adroit, si *pensé*. Aucune importance, pensai-je. En jetant un regard derrière moi, je vis les silhouettes du mage et de l'échevin sur leurs chevaux. Ils restaient immobiles, fixant le large, me fixant. Je pressai le pas.

La mer, si proche, s'agitait. Les vagues qui se fracassaient sur les rochers m'éclaboussaient parfois. J'imaginais mon sort si la mer venait à se déchaîner. A l'horizon, il me sembla soudain distinguer une tache noire, comme si le bras de terre enflait et terminait sa course au beau milieu de la mer. Le collège… Etait-ce la fatigue ou une particularité géographique ? Il semblait plonger dans le crépuscule alors que le soleil venait juste de décliner. Cette ombre, cette grande tache noire que j'avais prise pour un ensemble de bâtiments était en réalité une aura crépusculaire, une *lumière* grise qui plongeait le collège dans une étrange obscurité.

Parvenu à moins de deux cents mètres du collège, je pus en saisir les curieuses dimensions. Le chemin sur lequel j'étais engagé s'enflait soudainement et dépassait les cent mètres de largeur. De là où j'étais, il m'était impossible d'apprécier la longueur de la presqu'île. Dessus, on avait construit une série de bâtisses identiques, des pavillons qui se faisaient face le long d'une rue unique. Le style était indubitablement celui des nains de l'Equerre. Seule la pierre de taille avait été utilisée pour une architecture dépouillée et élégante. Tous ces pavillons comportaient deux étages et un toit pentu couvert d'ardoises. Un toit... Je pris alors conscience d'une asymétrie, d'une dissonance architecturale en m'attardant sur les toitures.

En effet, chaque pavillon servait de refuge à un grand arbre noir dont les branches perçaient le toit et s'élançaient vers le ciel ! C'était eux qui diffusaient, à n'en point douter, l'obscurité qui enveloppait le collège. Ou peut-être buvaient-ils la lumière ? C'était des arbres d'hiver, sans aucune feuille. Leur aspect décharné et noirci les faisait ressembler à quelques vestiges d'un terrible incendie. Derrière ce singulier assemblage, je distinguai, dominant le collège, le même genre d'arbre, le seul dont j'entrevoyais jusqu'à la base du tronc. Enchâssée à l'extrémité du tronc, une tour reposait, en équilibre, au milieu des branches de l'arbre...

Maintenant, j'étais en mesure de me faire une idée de la grandeur des lieux. La presqu'île avait la forme d'un rectangle et ne devait pas dépasser les trois ou quatre cents mètres de longueur. Derrière l'arbre qui supportait la tour, il n'y avait plus rien, hormis la mer. Aucune fortification ne protégeait le collège. Fallait-il qu'il ne craigne rien ni personne ? Les francs-voleurs ou les boucaniers pouvaient sans mal s'abattre sur les lieux et ne laisser que des ruines. Avait-il recours à quelque enchantement ?

Des yeux, je cherchai les habitants du collège. Je ne vis personne. J'approchai encore et, soudain, j'aperçus une silhouette traversant la rue qui disparut dans un pavillon. J'étais incapable de dire de qui ou de *quoi* il s'agissait. Prudent, je m'arrêtai à la lisière de la pénombre qui traçait sur le sol comme une ligne de démarcation. J'hésitai à avancer. Fallait-il s'annoncer ? L'absence de gardes me fit juger du contraire.

Et je franchis la ligne. Je ne ressentis strictement rien. Peut-être étais-je un peu déçu ? La seule différence notable était cette douce pénombre qui m'enveloppait comme un linceul. J'étais engagé entre deux pavillons, à l'entrée de la rue. Tout au bout, la tour juchée dans son arbre semblait me regarder, m'épiant au travers de ses branches. Je remarquai pour la première fois que la rue, large de près de vingt mètres, était entrecoupée tout le long par des petites places entourées de fins murets de pierre. Chacune de ces places s'intercalait avec précision entre deux pavillons. Quelle rigueur, quels impératifs géométriques avaient bien pu mener les nains de l'Equerre ?

La nuit tombait et il me fallait trouver un refuge pour dormir. Avais-je une chance de trouver l'équivalent d'une auberge ? Je m'avançai lentement dans la rue, regardant autour de moi. Je notai que les façades des pavillons n'étaient pas identiques. Les frontons étaient tous différents. Seules les fenêtres, hautes de près de deux mètres et closes par de grands volets blancs, se ressemblaient. Je m'approchai de l'une d'entre elles. L'interstice entre les volets laissait filtrer une lumière blafarde et orangée. Je n'osai frapper à l'un de ces pavillons. Heureusement, je ne tardai pas à découvrir, accolée à l'un d'entre eux, du côté droit de la rue, une vieille bâtisse dont une enseigne annonçait en lettres décrépies : *Pension d'Arlequin*. Comme je ne voulais pas m'attarder plus longtemps dans le collège à la nuit tombante et que personne ne venait à ma rencontre, la rue était déserte, n'hésitant plus, je franchis la porte de la pension.

Je pénétrai dans une grande pièce soutenue par de larges poutres de bois. Son aspect, en tous points identique à celui des auberges que je connaissais, me rassura. Un semblant de normalité qui, dans les circonstances, me donna confiance. Peut-être manquait-il les clients ? La salle était déserte. Un homme, pourtant, apparut soudainement derrière le comptoir. Sa mise originale ne me frappa qu'à moitié tant l'insolite régnait ici en maître. Son costume était celui d'un arlequin à carreaux noirs et blancs. Son visage était caché derrière un masque gris de facture grossière : la bouche était à peine dessinée, les yeux figurés par deux trous et le nez, un simple appendice rectangulaire. Quelle monstruosité dissimulait-il ainsi ou était-ce simplement une particularité de collège que de porter le masque ?

— Entrez, voyageur, soyez le bienvenu dans ma modeste demeure, me dit-il, d'une voix douce, et chaleureuse. Allez, asseyez-vous, je vous apporte de quoi vous restaurer.

La chandelle qu'il portait à la main me fit réaliser combien il faisait sombre. Trois petites lanternes seulement éclairaient la pièce. La lumière était-elle hérétique en ces lieux ? Il m'apporta un solide repas que je dévorai en silence, affamé comme je l'étais. Je sentais son regard peser sur moi comme une chape de plomb. Il s'était assis à ma table, face à moi.

— Ar... Arlequin, c'est ainsi que l'on vous appelle ?

— Un nom d'apparat, jeune homme. Nous sommes déjà en représentation. Le temps est loin où de jeunes gens comme vous arrivaient au Souffre-jour, pétris de théories et de naïvetés. Vous renouez avec le passé, quel bonheur !

— A la seule différence, sans doute, qu'ils venaient ici de leur plein gré, rétorquai-je. Je ne vous dérangerai pas longtemps, Arlequin. Dans six jours, je quitterai tout cela pour retrouver mon collège, celui que j'ai choisi, Préceptorale.

— Hum... Vous êtes bien prétentieux. L'étrange bouscule, naturellement. Mais vous vous habituerez à notre obscurité, à nos symétries. Vous êtes encore vierge de l'atmosphère du Souffre-jour. Vous avez pourtant une chance extraordinaire. Avez-vous ressenti comme tout, ici, est résonance ? Chaque pavillon répond à un autre, qui, lui-même, répond à une place, et l'ensemble est à genoux devant la tour. Vous aimerez le Souffre-jour, et il vous le rendra.

L'homme était fou. Je distinguais à peine ses yeux derrière le masque, mais leur lueur égarée ne trompait pas. Ses geste emphatiques, qui agitaient ses grandes manches tombantes, lui donnaient l'air d'être une apparition. Etait-il bien réel d'ailleurs ? Je terminai mon repas en silence. Il n'ajouta rien non plus, se contentant de m'observer derrière son masque.

— Indiquez-moi ma chambre, Arlequin.

— Suivez-moi, jeune homme.

Je lui emboîtai le pas et gagnai l'étage. La pension était d'une propreté presque dérangeante. Le bois brillait dans la pénombre et Arlequin se retourna plusieurs fois, fixant ostensiblement mes bottes couvertes de boue. La chambre qu'il me confia était confortable : un lit, une grande table et une commode. En guise de fenêtre, il n'y avait qu'un unique œil-de-bœuf fermé par un disque de fer coulissant.

— N'hésitez pas à m'appeler pour le moindre problème, conclut Arlequin avant de disparaître.

La porte se referma. J'étais seul. Je m'approchai de l'œil-de-bœuf. Le crépuscule du jour avait cédé la place à un noir d'encre, impénétrable. Je ne voyais pas à plus d'un mètre. Le ciel était totalement invisible, comme si le collège avait été drapé d'un velours noir. Je m'attardai presque amoureusement sur la flamme de la chandelle laissée par Arlequin. J'attendis qu'elle se consumât entièrement avant de m'endormir. Les rêves finirent par m'emporter, sombres et terrifiants.

III

Au matin, je gagnai la grande salle de la pension, l'esprit encore embrumé des rêves de la nuit. Des clients étaient attablés dans le fond de la pièce, cinq hommes à la mine sévère. Une chose me frappa d'emblée : ils avaient tous les cheveux longs et blancs. En m'approchant, je distinguai leurs visages. D'un gris cendré, on les aurait dit couverts de suif tant et si bien que je crus à une obscure maladie. Mais Arlequin, installé derrière le comptoir, me rassura :

— Tous les habitants sont ainsi, Agone, n'ayez crainte. Le Souffre-jour marque ses serviteurs.

Le groupe s'était arrêté un instant de manger, m'observant ostensiblement. Leurs yeux étaient d'un gris aquarellé, étrangement blafards. Je les ignorai bien que me sachant observé de pied en cap. Arlequin rit doucement sous son masque, amusé sans doute par ma méfiance.

— Arlequin, me diras-tu où je peux rencontrer Diurne ?

Lui seul saurait me conseiller. En lui présentant mes hommages et en lui expliquant ma situation, il comprendrait ma position et on me laisserait tranquille.

— Diurne ? Tu n'y penses pas ? Les Psycholunes si cela te chante, mais Diurne…

Il leva les bras au ciel et s'en alla servir ses clients.

Je quittai précipitamment la pension croisant au passage le regard acéré de l'un des hommes attablés. Pour d'obscures raisons, celui-là ne m'aimait pas. J'étais dans la rue. Je m'habituais progressivement à la pénombre alors que le soleil s'entrevoyait, haut dans le ciel. Ici et là, des groupes épars conversaient sur le pas d'une porte ou assis sur le muret de l'une des places. Tous portaient les mêmes cheveux blancs, détachés ou retenus pour un ruban de couleur vive. Je m'attardai sur leurs vêtements. Ils portaient surtout des tuniques étroites, toujours sombres, et beaucoup avaient de hautes bottes aux pieds. Je marchai vers la tour.

Observant les gens de plus près à mon passage, je remarquai pour la première fois qu'il y avait des femmes parmi eux. Des femmes... Aucun collège n'aurait accepté l'une d'elles. Au même titre que les créatures, les femmes n'avaient pas le droit d'apprendre l'art de la politique ou de la guerre. Là, elles parlaient et s'affichaient comme des hommes, s'habillaient comme eux et portaient même l'épée ! L'une d'entre elles me gratifia d'un sourire charmeur, frôlant imperceptiblement mon épaule. Et elles prétendaient séduire comme des hommes ! Je l'attrapai par le bras, serrant plus fort que je ne le voulais.

— Eh bien ? s'exclama-t-elle, la main posée sur la garde de sa rapière.

— Hum... Sauriez-vous m'indiquer où je puis trouver les Psycholunes ?

— Avancez encore et vous trouverez bien tout seul.

Je l'avais mise en colère. Elle me repoussa violemment et s'en fut sans un regard. Je restai planté là, sans trop savoir quel parti prendre. Haussant les épaules, j'avançai encore et vis bientôt sur ma droite une nouvelle bâtisse. Elle se tenait dans l'enfilade des pavillons de droite, invisible de l'entrée du collège. Plus petite, elle ressemblait à un cylindre en pierre. Le bâtiment, sans nuances, s'ouvrait seulement sur une porte étroite masquée par un lourd rideau de velours rouge. C'était le seul endroit, excepté l'arbre et sa tour, à ne pas être un pavillon. Je m'approchai du rideau et cherchai sur le côté un heurtoir ou une clochette. Il n'y avait rien. De la main, j'écartai un pan du rideau.

L'intérieur était constitué d'une salle unique, circulaire, baignée d'une vive lumière émanant d'une multitude de petites chandelles. Les murs étaient uniformément recouverts par les rayonnages d'une bibliothèque. Dessus, en guise d'ouvrages, on ne distinguait que des tranches grises identiques. Des trompe-l'œil ? La pièce était occupée par une dizaine d'hommes qui portaient tous la même robe blanche. Ils travaillaient debout, sur des pupitres de pierre, devant de grandes feuilles parcheminées qui tombaient jusqu'au sol. Contrairement aux habitants du Souffre-jour que j'avais vus dehors, ils avaient tous le crâne rasé. L'un d'eux finit par relever la tête :

— Agone, entrez donc !

Je pénétrai dans la pièce. Les hommes arrêtèrent leurs travaux et me dévisagèrent.

— Allons, ne soyez pas aussi désemparé. Asseyez-vous là, sur cette chaise, et dites-nous ce qui vous amène.

Il m'avait indiqué une chaise haute qui me plaçait largement au-dessus d'eux. J'étais plus à l'aise, soudain, ainsi perché. Celui qui avait parlé devait avoir une quarantaine d'années. Son visage était commun, rassurant. Seuls ses yeux gris trahissaient son appartenance au collège.

— Vous êtes perdu, mon ami, dit-il. Vous ne savez vers qui ou quoi vous tournez, c'est bien cela ?

— Précisément.

— Nous autres, Psycholunes, n'aimons guère nous mêler d'éducation. Vous ne faites pas, comme les autres, le siège des écoles ? Qu'attendez-vous donc ? Que l'on vienne vous chercher ?...

Il échangea un regard entendu avec les autres.

— Je cherche seulement un guide.

— Oui, bien sûr. Votre père vous a-t-il recommandé à l'un de nos professeurs ?

— Non.

— Alors, vous êtes comme le disent les rumeurs..., dit-il avec une lueur d'étonnement dans les yeux. Je connais vos engagements préceptoraux, Agone. Pour eux, je veux bien vous écouter, vous aider. Venez.

Il m'invita à accéder, par un petit escalier en pierre, à une pièce souterraine creusée dans la roche. L'endroit était sinistre, avec seulement quelques paillasses rangées contre les murs.

— Agone, le Souffre-jour n'est pas un endroit pour vous. Dans quelles circonstances avez-vous pu échouer dans notre collège ? Ici, tout est affaire de complot et de mort. L'apprentissage ne reconnaît sans doute, pour seule vertu, que le cynisme. Vous n'y survivrez pas. J'ignore tout de votre histoire et ne veux pas en savoir davantage. Diable ! Quittez cet endroit au plus vite et ne vous retournez pas !

Il avait pris mes mains, et vrillait son regard au fond de mes yeux. C'était un avertissement, une mise en garde. Que savait-il de plus que moi ? Que redoutait-il ? Je ne voulus pas en écouter davantage. Je le poussai rudement. Il trébucha.

— Pauvre fou, ils t'ont déjà perverti... Tu es perméable au Souffre-jour, comme les pires d'entre nous. Alors, je vais t'armer, Agone. Ecoute-moi bien. (Il commença à tourner autour de moi, les mains croisées derrière le dos.) Tu n'apprendras pas à être baron dans ce collège. Le royaume en a déjà bien assez. Le Souffre-jour construit des éminences grises, des ombres commandant aux plus grands. Aujourd'hui, le baroque l'emporte. Les barons paraissent et, la plupart du temps, cela suffit. Nous en avons assez de ce charisme clinquant qui effeuille les morts comme l'hiver. Il faut des gens de l'ombre, des personnes agissantes : les éminences grises. Tu dois lire ce collège ainsi. Venant du large, tu n'as vu que le reflet des choses, la surface. Tu étais le peuple, ignorant et livré aux humeurs des barons. Réponds-moi ! Tu ne dis rien ! Tu n'as pas compris, tu n'as rien entrevu de cette consonance entre l'architecture et le pouvoir. Nous, Psycholunes, sommes les éminences grises. Notre Pensoir, invisible pour celui qui reste à l'entrée du collège, apparaît au fur et à mesure que tu t'approches de la tour de Diurne. Et bientôt, la réalité devient évidente. Les vrais commandeurs du Souffre-jour sont devant toi. Pourquoi ? Parce que tu as pénétré dans le collège, tu as marché dans notre rue, tu as appris les subtilités du pouvoir, tu as accepté de donner ta vie à la plus belle raison d'Etat...

Sa voix s'éteignit soudain. Il baissa la tête et murmura :

— Il est trop tard, Agone. Le collège a bu ton âme. Pars avec elle, ne t'obstine pas. Tes convictions chancellent, j'en suis sûr. Alors, laisse parler le passé, oublie Préceptorale et deviens l'un de nos plus brillants élèves. Pars maintenant, laisse-moi.

Il ne me regardait plus, restait les bras ballants appuyé contre le mur. J'escaladai les marches quatre à quatre, passai au milieu des autres Psycholunes interloqués et sortis du Pensoir.

Je ressentais des choses étranges. Les fondements du Souffre-jour me plaisaient, pouvais-je me l'avouer ? Des frissons que je n'avais pas ressentis depuis longtemps s'emparaient de mon corps. Mes mains tremblaient, je savais toucher à une réalité. Ces gens étaient des *contemporains*. Ils œuvraient dans le sens d'une conscience politique même si personne n'en savait rien. L'idée de laisser une *trace* m'effleura. Nos maîtres parlaient souvent de cet orgueil propre aux troubadours, et aux artistes en général : « Ils sont obsédés par cette seule idée de s'inscrire dans le temps. Mais on ne devient pas éternel par orgueil, mes frères. Non, seuls vos enfants sont en droit d'assumer votre envie de perdurer sur notre petit monde. La seule éternité justifiable, c'est celle-là, mes frères : la procréation. Au-delà, vous serez les artisans de la terrible Orgueil ! »

J'avais partagé cette idée, souri comme les autres novices, persuadé qu'il n'y avait aucune autre vérité. Mais l'Itinérance, soudain, devenait moins pertinente. Où était le péché d'orgueil à vouloir gouverner, à œuvrer dans l'ombre pour changer les choses ? En définitive, le Souffre-jour et l'Itinérance travaillaient dans le même sens en voulant responsabiliser de vieux barons poussiéreux. Sauf peut-être que le Souffre-jour, derrière un baron, pouvait mettre fin aux entreprises de Préceptorale et que l'inverse n'était pas vrai...

Un peu perdu, je retournai lentement vers la pension d'Arlequin, observant différemment le collège. Le visage des élèves comme celui des professeurs m'apparaissaient plus profonds, marqués par un enseignement unique et terrible. Un spectacle inattendu me tira de mes rêveries. Un attroupement s'était formé autour de l'une des places.

— Un duel, me souffla quelqu'un.

Intéressé, je me frayai un passage et parvins jusqu'au muret qui délimitait la place. Au milieu, deux hommes se faisaient face, la rapière dressée près du visage.

A les voir ainsi, si fiers, je m'imaginai à leur place. Combien de fois avais-je provoqué un duel, alors que je n'avais pas encore seize ans ? A cet âge, je ne comprenais pas ceux qui prétendaient pouvoir se battre sans penser à tuer. J'y trouvais la seule énergie stimulante pour affronter mon adversaire. Mais les duels avec les garçons de mon âge me lassèrent rapidement, encadrés comme ils l'étaient par des règles strictes et timorées. Encouragé par Père, j'avais préféré les rixes dans la Cité et, plus précisément, dans les Bas-quartiers où les milices s'aventuraient à contrecœur. Le sang était monnaie courante et le danger véritable. Ces hommes sans honneur se battaient avec la même énergie que moi. Sans y mettre l'esthétisme, ils y glissaient une rage qui me séduisait. Mais, dès ma découverte de Préceptorale et mes vœux de noviciat, tout cela était devenu une tache noire et indélébile qui m'avait desservi, retardant mon accession à l'Itinérance.

Le duel avait commencé. Immédiatement, je sus qu'il n'avait rien d'habituel. Le plus grand des deux hommes se fendait, reculait, parait avec une agilité déconcertante. Il tourbillonnait sans cesse autour de son adversaire. L'autre, plus petit d'au moins une tête, se contentait de tourner sur lui-même, évitant des coups de plus en plus violents. Mais les parait-il vraiment ? A mieux observer le ballet des deux hommes, il me sembla que le plus petit se contentait de se fendre et d'éviter quelques bottes meurtrières. En réalité, je distinguai bientôt dans la pénombre — dire que nous étions encore au tout début de l'après-midi ! — de fines lignes métalliques horizontales en suspension au-dessus du sol. Elles restaient parfaitement immobiles, terriblement coupantes à en juger par l'estafilade qui venait de marquer cruellement la joue du plus grand. Son manège d'ailleurs prenait sens : il tentait d'atteindre son adversaire à l'abri de ses bouquets de lames. L'autre avait le temps pour lui. A chaque fois qu'il se fendait, sa rapière laissait cette signature surnaturelle, cette lame flottante et immobile. Bientôt, il ne fit aucun doute que son adversaire ne parviendrait pas à l'atteindre. Alors qu'il tentait une feinte désespérée, l'une des lames lui écorcha profondément le bras. Il se rejeta en arrière, le bras ensanglanté.

Je restai subjugué par l'étrangeté du combat. Quel enchantement pouvait ainsi permettre à une rapière de générer de la matière ? Je jetai un coup d'œil sur l'assemblée, cherchant presque inconsciemment la trace d'un mage. Les curieux s'étaient dispersés et il ne restait que les deux duellistes conversant au milieu de la place. J'avais imaginé le blessé quittant les lieux avec fureur mais les deux hommes riaient de bon cœur comme si le duel n'avait jamais eu lieu.

— Un joli spectacle, n'est-ce pas ?

Je me retournai et découvris un bien curieux personnage. Il portait, contre toute attente, des vêtements colorés et, en particulier, un pourpoint violacé et de hautes bottes blanches. Le visage, émacié et sans âge, arborait une longue moustache taillée avec soin et un grand chapeau bleu couvrait l'ensemble.

— Je me présente, Hurlanc, de l'école des Taciturnes, dit-il en me saluant avec son chapeau.

— Agone, novice du collège Préceptorale.

— Enfin ! Ne parlez pas si fort, Agone. Le collège Préceptorale ! Vous êtes perdu, mon ami, on ne revient pas d'une telle formation.

Plaisantait-il ? Je crus un instant qu'il me laisserait là sans autre forme de procès. Mais il se contenta de croiser les bras et, subitement, de rire aux éclats. Je vis, à notre droite, un groupe de jeunes gens se retourner et nous fixer avec animosité. Gêné, ne sachant trop comment m'éclipser, j'attendis qu'il prenne congé.

Mais il se pencha de nouveau vers moi :

— Vois-tu, Agone, nous avons nous aussi notre conformisme. Je ne joue pas tout à fait avec les mêmes règles qu'eux. Regarde-les bien. Parés du voile gris du Souffre-jour, ils deviennent arrogants, souvent agressifs. Je t'observe depuis hier, Agone. Tu réagis différemment. Qui es-tu donc ?

En quelques mots, j'eus tôt fait de lui dresser un compte-rendu sommaire de ma situation, sans toutefois lui faire part de mes doutes.

— Etrange..., ajouta-t-il. Tu as dans les yeux de jolies étincelles assassines. Tu as déjà tué, n'est-ce pas ?

— Oui.

Deux jours auparavant, je n'aurais jamais avoué mon passé avec autant de facilité. A l'instant, je me targuais presque d'avoir ce passé tumultueux, y prenant presque *plaisir*.

— Tu me plais, Agone. Viens donc chez moi, dans mon école. Maintenant ? Mais naturellement. Tu as suffisamment perdu ton temps.

J'hésitai quelques secondes avant de lui emboîter le pas. Qu'avais-je à perdre ?

Je m'habituais à l'obscurité permanente qui régnait dans le collège. Je le constatai en remarquant quelques détails infimes sur la façade du pavillon de Hurlanc. Les murs et le toit semblaient usés et la porte, contrairement aux autres, était sans finesse. Hurlanc, pour des raisons que j'ignorais, voulait une porte solide...

A l'intérieur, je contemplais pour la première fois l'un des arbres qui donnent son nom au collège. Le tronc occupait le centre de la bâtisse, constituée, pour le rez-de-chaussée, d'une pièce unique. Les branches s'évasaient vers le toit en occupant toute la surface du plafond. En guise d'étage, il n'y avait qu'une galerie de deux ou trois mètres de large faisant le tour de la pièce. Je restai la tête en arrière, observant attentivement le plafond. La charpente était bien visible et les branches se mêlaient aux poutres, finissant de se frayer un passage jusqu'au toit et d'y disparaître.

— Imagine, il agit comme une sorte d'antimatière, dit Hurlanc derrière moi. Les branches traversent n'importe quel objet, solide ou non, et...

Je n'écoutai pas la suite, fasciné par le spectacle de cet arbre buveur de lumière qui s'amalgamait à la pierre comme au bois.

— Agone, allons ! me réprimanda Hurlanc en me tenant par le bras. Arrête de rêver et viens avec moi.

Pour la première fois, je regardai attentivement autour de moi. La pièce comportait de nombreuses tables branlantes, recouvertes d'objets hétéroclites, d'instruments sans signification. Ici et là, la pointe ou la garde d'une rapière émergeait du capharnaüm.

— Maudit Diurne ! s'exclama soudain Hurlanc.

Il m'indiqua une table installée tout près du tronc. Dessus, divers instruments avaient été transpercés par une branche basse.

— Et voilà ! Maintenant, je dois attendre qu'il vienne la tailler. Quand cessera-t-il d'être amoureux !

Il tempêtait, écartant les objets qui n'avaient pas encore été pris dans l'enchevêtrement de la branche.

— Hurlanc, questionnai-je. M'expliquerez-vous ? Diurne est amoureux et le collège tremble ?

— Viens t'asseoir près de moi. Fais attention à la branche, là. Voilà ! Je suis à toi. Diurne amoureux, disais-tu... Ce garçon est un personnage bien étrange, tu sais. Il servait autrefois un mage qui le punit pour des raisons que j'ignore. Toujours est-il qu'il fut enfermé dans une bulle *magique* au fond d'un puits, dans lequel il fut condamné à attendre plusieurs semaines. Il ne souffrait ni de la faim ni de la soif. Il devait simplement ne pas perdre la raison, plongé ainsi dans l'obscurité. Et puis, le mage disparut. Diurne fut oublié au fond du puits, seul dans sa bulle. Le temps passa et le pouvoir magique de la bulle s'amenuisa, jusqu'à une certaine nuit où un caprice du hasard fit jeter par un inconnu un poignard au fond de ce puits. Peut-être l'auteur d'un crime ? Personne ne le sait. Pour ma part, j'en suis persuadé. Cela expliquerait beaucoup de choses… L'arme se ficha profondément dans la bulle. C'était une nuit de pleine lune et l'un de ses rayons pénétra dans la bulle. Il y eut alors une étrange alchimie, fruit d'un rayon de lune, d'une bulle magique moribonde et d'une eau croupissante. Diurne se vit dans le reflet de la lame plantée au sommet de sa bulle. Il eut si peur de son propre visage que les poils de ses paupières tombèrent comme des feuilles mortes, protestation silencieuse de ses yeux blessés. Et les poils, par une magie mystérieuse, se mêlant à la bulle, accouchèrent du Souffre-jour.

Ce fut d'abord un arbre minuscule que Diurne pouvait tenir au creux de sa main. Puis, il apprit à commander à cette matière sans âge. Notre collège naquit bien plus tard. De chacun de ses cils, un arbre est né au beau milieu des pavillons construit par les nains de l'Equerre. Diurne les commande avec ses yeux, comprends-tu ? Lorsqu'il les ferme, c'est-à-dire la nuit, les souffre-jours grandissent, libres pour un temps. Au matin, il ouvre les yeux et remonte la grand-rue, s'arrêtant devant chaque pavillon afin de donner à l'arbre la forme voulue. Il *taille*, pour ainsi dire, avec ses yeux ouverts.

— Je vois. Mais où est le problème alors ?

— Agone ! C'est pourtant simple. N'as-tu jamais été en proie à quelque passion ? S'endormir devient une tâche impossible et, le jour venant, vous restez à moitié hagard, les paupières tombantes. Avec toi ou moi, cela n'a guère d'importance. Mais lorsque la vie d'un collège dépend des yeux d'un amoureux, c'est autrement plus grave. Diurne s'est retiré depuis trois jours et les branches deviennent folles. Il a pleuré et les arbres avec lui. Deux pavillons ont dû déménager toutes leurs archives pour ne pas qu'elles soient noyées, et plusieurs d'entre nous se sont fait surprendre, c'est surtout cela qui est préoccupant. Un professeur attend, depuis hier soir, le bras transpercé par une branche. Il ne souffre pas, bien sûr, mais si les choses ne s'arrangent pas très vite, le collège tout entier sera menacé. Sans Diurne, rien n'est possible. Ses stupides émois nous rendent la vie impossible. Tu ne connais pas très bien le collège, Agone, mais crois-en mon expérience. L'atmosphère y est extrêmement tendue. Beaucoup parlent d'aller donner une leçon aux Psycholunes qui semblent incapables, cette fois-ci, de raisonner Diurne.

— Impensable, murmurai-je. Et la jeune femme qui l'a séduite, est-elle ici ?

— Naturellement. Toutes, d'ailleurs, avant elle, appartenaient au collège. Diurne ne vit que pour l'amour. Grotesque, n'est-ce pas ? Mais la seule chose qui motive sa visite quotidienne est cette recherche.

— Le collège n'est pourtant pas très grand ?

— Oh ! mais il s'attarde, le diable. Chaque femme l'emporte pour plusieurs mois. On a cru un moment à un mariage ou du moins à une union qui tranquilliserait tout le monde. Dame Delihine, une joliette, romantique et douce, mais cette maudite a disparu. Depuis, tout a changé. Les gens sont plus suspicieux. La rumeur a longtemps laissé dire que plusieurs collèges du royaume avaient voulu éviter que le Souffre-jour gagne son équilibre…

— En somme, le collège est sous l'entière dépendance des états d'âme de Diurne.

— Parfaitement. Et les Psycholunes ne sont là que pour sauver l'essentiel. Diurne, en rêveur patenté, a besoin d'être conseillé, rassuré.

— Et s'il mourrait ?

— Fou ! Ne dis jamais cela. Le collège y perdrait son âme. La formation, ici, est autant l'affaire de nos professeurs que de Diurne et de ses arbres.

Hurlanc se leva et m'invita à monter sur la galerie. Il régnait là-haut le même désordre qu'en bas. Il m'indiqua, perdu au milieu du bric-à-brac un large fauteuil de cuir rouge. Il vint s'asseoir juste à côté, sur une table, les deux pieds dans le vide.

— Mon cher Agone, dit-il d'une voix suave. Je suis un professeur qui enseigne l'art de la rapière. Je voudrais que tu sois mon élève.

Il termina sa phrase avec un large sourire. Je réfléchis à toute vitesse. J'étais piqué par la curiosité. Il me restait un peu plus de cinq jours avant de partir et je ne risquais pas grand-chose à accepter. J'avais surtout peur de périr d'ennui et Hurlanc m'intéressait. Du coin de l'œil, j'avais remarqué que ses rapières avaient des formes bien étranges, des gardes aux ornementations insolites, des lames aux étranges dimensions.

— J'accepte, Hurlanc, je suis votre homme, répondis-je en lui tendant la main.

Il l'empoigna avec franchise, et me regarda droit dans les yeux :

— Nous commencerons demain, Agone. Et nous choisirons une rapière qui te soit digne.

Je le quittai et rejoignis rapidement la pension. La rue se vidait. Le crépuscule s'annonçant, les gens rentraient chez eux, laissant le silence recouvrir les lieux.

La pension toujours ouverte était plongée dans l'obscurité. La nuit n'était pas encore tombée et pourtant la pénombre était déjà celle d'une nuit sans lune. Je traversai tant bien que mal la grande salle, tâtonnant entre les tables pour rejoindre l'escalier qui menait à l'étage. Une voix surgit soudain devant moi, terriblement proche.

— L'étranger a-t-il pris la mesure de notre ermitage ?

Je restai immobile, tentant de percer la noirceur de la pièce.

— Vous n'êtes pas l'un des nôtres, Agone, vous ne voyez rien alors que nous sommes en mesure de vous décrire de la tête aux pieds. Sans effort, je lis sur votre visage les signes d'une réelle nervosité.

Mon interlocuteur eut un rire sardonique auquel deux autres firent écho. Ma peur eut raison de mon indifférence. Des réflexes que j'avais longtemps relégués au rang de perversité se firent jour. Je tournai lentement sur moi-même, prêtant l'oreille, attentif au moindre bruit. Puis, de la main, je m'assurai être dos à une poutre afin de ne pas être surpris. J'avais compté quatre hommes. Trois s'étaient fait entendre. Du quatrième, resté silencieux, viendrait le danger.

— Restez calme, Agone. S'il avait fallu vous faire disparaître, les choses auraient été beaucoup plus expéditives. Nous sommes là pour vous demander de quitter les lieux, Agone. Nous n'aimons pas ce que vous êtes. Les circonstances nous obligent à être directs. Partez dès cette nuit, et ne revenez jamais !

— Mais je ne peux pas ! protestai-je. Je quitterai le Souffre-jour dans cinq jours, pas avant.

— Je ne vous le conseille pas. Hurlanc n'a pas conscience de la situation. L'heure n'est plus à l'étude. Le Souffre-jour est en péril et vous nous gênez.

— Vous gênez ! Mais comment ?

— Ne posez pas de questions. Partez, Agone.

Les hommes bougèrent autour de moi et s'éloignèrent. La porte de la pension s'ouvrit et j'entrevis des ombres sortant dans la rue.

— Ne les écoutez pas, dit une voix que je connaissais.

Au même moment, une lanterne s'alluma. Sur les marches de l'escalier se tenait Arlequin, la lumière dans une main à hauteur du visage.

— Ne faites pas attention à eux, Agone. Ils pensent pouvoir faire quelque chose mais n'agitent que l'air de la nuit. Seuls les Psycholunes peuvent nous sauver désormais. D'ailleurs, vous ne vous y êtes pas trompé, n'est-ce pas ?

Il avait parlé avec une voix grinçante comme s'il me reprochait de leur avoir rendu visite.

— Vous ne les appréciez pas, Arlequin ? lui demandai-je.

— Ils sont nos vrais maîtres, Agone. On dit qu'ils conseillent Diurne. Mais ce sont précisément ses éminences. Ces hommes, rompus au jeu du pouvoir, qui choisissent de devenir les chaperons dévoués d'un enfant ! Leur prétendue dévotion me fait rire. Comment expliquez-vous que les Cahiers aient été transférés de la tour au Pensoir ?

— Les Cahiers ?

— Vous les avez vus, bien entendu. Si neutres, apparemment, sous leur couverture de feutre gris... Mais savez-vous ce qu'ils renferment, Agone ? Non, bien sûr. Chacun de ces Cahiers est un rapport détaillé de chaque éminence grise formée par le Souffre-jour. Tout y est mentionné dans les moindres détails. Chaque baronnie est ainsi disséquée de telle manière qu'en possession de ces Cahiers, vous puissiez en prendre la tête facilement. Avec un peu de finesse, ce que nos éminences maîtrisent parfaitement, les barons tomberaient un à un si la décision était prise. Et les Psycholunes deviendraient nos nouveaux rois, et...

Il s'interrompit brusquement, les yeux fixés sur l'une des fenêtres. Suivant son regard, il me sembla bien distinguer un visage derrière le rideau mais l'obscurité m'empêchait d'en être sur. Arlequin, pourtant, restait pétrifié. Il émit quelques mots inintelligibles et se leva lentement.

— Je devrais dormir, la liqueur me fait dire des bêtises. Allons nous coucher.

Il avait presque crié en disant ces mots comme s'il avait voulu se faire entendre de la rue. Qu'avait-il vu ? Un Psycholune ? Son inquiétude était contagieuse et je gagnai ma chambre rapidement. Je fermai la porte à double tour en ayant pris soin de rabattre le disque de fer qui obstruait l'œil-de-bœuf. Le sommeil ne vint que beaucoup plus tard.

IV

Au matin, je me décidai à rendre visite à Hurlanc. En observant les visages, je vis combien la plupart d'entre eux semblaient tendus. On avait entassé devant l'un des pavillons toutes sortes d'objets. Ces gens s'occupaient à vider la bâtisse de tout son mobilier. J'entendis, près de moi, un jeune homme murmurer :

— La belle doit sûrement être ici, on voit des branches qui émergent au ras du sol...

Je n'écoutai pas la suite. J'imaginais cette femme condamnée à aimer Diurne afin de permettre aux gens de son école de réintégrer les lieux. Qui sait si ce genre de terrible accord n'avait pas déjà été pris ?

Hurlanc m'attendait sur le pas de sa porte. Il me salua avec son grand chapeau, me fit un large sourire et m'invita, d'un geste de la main, à pénétrer chez lui. Une unique chandelle brillait dans la pièce, distillant une lumière pâle et tremblotante.

— Alors, mon cher Agone, tu es prêt à travailler ?

— Mais je ne vous ai pas encore choisi, Hurlanc, lui répondis-je sur un ton malin.

— Comment donc ! (Il jouait l'indigné à merveille, la main posée sur le cœur.) Tu n'oserais pas. Je te consacre du temps, je t'offre mon amitié. Et tu hésites. Tu m'humilies, Agone. Parfaitement, tu me blesses même !

— Vous êtes bon comédien, Hurlanc. Mais si je suis disposé à écouter la teneur de votre enseignement, je ne veux pas pour autant devenir officiellement votre élève. Je vous connais si mal.

— Soit, soit... Ta méfiance t'honore, jeune homme. Nous sommes au Souffre-jour, la prudence est de mise. Mais je vais te convaincre, Agone. Suis-moi.

Il m'emmena dans la galerie, et commença à marcher lentement, me montrant ses rapières une à une :

— Regarde-les, Agone. Hier déjà, tu as compris qu'elles n'avaient rien de rapières classiques. Tu me crois maître d'armes, mais, en réalité, l'appellation est mal choisie. Bien sûr, je sais me servir d'une rapière, aussi bien que n'importe quel maître d'armes de ce collège. Mais je tiens une science plus insolite de mes voyages à travers le royaume. As-tu déjà rencontré des fées ? Non, je m'en doutais. Beaucoup de gens croient toujours qu'elles sont devenues comédiennes pour découvrir les hommes. C'est vrai, pour certaines d'entre elles. Mais il y aussi les fées noires, aux ailes striées de gris qui ont enseigné à de rares humains l'art des âmes... Tu es soudain plus intéressé ? J'ai appris auprès des fées le secret des âmes. Leur attirance pour l'objet n'est pas simplement une fantaisie de pacotille. Chaque objet, s'il a été pensé et fabriqué avec intensité, avec minutie, cache une âme. Les fées savent faire parler la mémoire des hommes transmise au travers de l'objet. Comprends-moi, Agone. L'artisan un tant soit peu amoureux de son art laisse dans l'objet de sa fabrication, une partie de son âme. Tout le monde le dit sans pour autant y croire *réellement*. Lorsqu'il est satisfait de son ouvrage, il s'en sépare avec peine. Et pourquoi donc ? Parce qu'une partie de son âme s'enfuit au travers. Je crois que tu m'as compris. Pourquoi, au mépris de l'efficacité, enseigner l'art de la rapière ? Face à une véritable épée, tu seras aussi désarmé qu'un enfant. Les impératifs esthétiques des grandes cours du royaume imposent le port de la rapière. Nos éminences doivent donc la porter. Mais, moi, Hurlanc, je me suis employé à donner à la rapière son volume afin qu'elle devienne un instrument mortel en toutes circonstances.

Nous avions fait le tour de la galerie et Hurlanc s'arrêta face à moi et, levant les bras au ciel, déclara :

— Et me voilà l'accoucheur des âmes !

Il pirouetta sur lui-même, refaisant le tour de la galerie dans l'autre sens, à grands pas, m'indiquant de la main telle ou telle rapière, d'une voix pleine d'emphase :

— Voilà Eguisande et là, Songe-creux. Ici, Gardemord.

Il énumérait des noms à la suite les uns des autres, me jetant des regards fiévreux. Parvenu devant l'escalier, il m'agrippa les épaules :

— Je donne une âme à ces rapières, Agone. Je génère la vie par le métal ! (Il descendait les marches tout en me parlant.) Leur personnalité est toujours issue de la forme. C'est là toute la difficulté de mon art.

Il s'approcha du souffre-jour et empoigna une rapière posée sur une table adossée à l'arbre. Elle était finement ciselée, la garde fleurie d'arabesques d'or et d'argent.

— Voilà Gorgielle, ma douce Gorgielle. Une garde tout en rondeur, des arabesques qui se perdent le long de la lame tracées à l'encre d'or. Gorgielle est une femme étonnement perverse et égocentrique. Elle n'accepte de se battre que contre des adversaires masculins. Les femmes la rendent souvent jalouse et elle y perd de son efficacité. Mais tu devrais la voir contre des hommes. Dans ces moments-là, elle m'appartient, elle devient un appendice charnu et mortel qui vibre par mon âme. Elle cherche toujours la gorge de son adversaire, pour mieux lui donner son baiser assassin. Malheureusement, je l'utilise très rarement car elle ne supporte pas les duels amicaux. Elle serait incapable de raisonner dans le tourbillon d'un combat. La passion, en somme ! (Soudain, ses yeux devinrent flous.) Elle me parle, elle souhaite que nous combattions. Venant d'elle, c'est un compliment, mon cher Agone !

Ses mains couraient le long de la lame comme des caresses, ses yeux perdaient à chaque seconde de leur vivacité. Je crus comprendre qu'il luttait en silence pour ne pas céder aux caprices de cette arme diabolique. J'étais prêt à bondir vers la porte lorsque ses yeux reprirent leur éclat naturel.

— Je suis confus, Agone. A chaque fois que nous parlons, elle et moi, elle me suggère des images, une femme en chair et en os qu'elle s'est composée pour que nous conversions. Un ravissement… et un rêve.

Il paraissait réellement dépité. Reposant Gorgielle, il ajouta :

— Qu'en penses-tu ? Voudrais-tu posséder une telle arme ? On ne refuse pas ce genre de proposition, que diable ! Imagine-toi l'intérêt de composer une telle arme. Nous allons imaginer ensemble la forme qui accouchera de la personnalité que tu désires. Mais attention, cela n'a rien d'une science exacte ! On ne peut jamais savoir précisément à quel esprit l'on donnera naissance. La forme d'une rapière est un moule grossier. Ta seule assurance est de savoir que la complexité du caractère naissant se coulera bel et bien dans ce moule. Il faut bien l'avouer, les résultats sont parfois assez inattendus.

Pouvais-je discuter ? J'avais écouté Hurlanc, et la perspective d'enfanter une âme bousculait toutes mes idées reçues. Un poison insidieux et inéluctable s'écoulait dans mes veines depuis mon arrivée au collège. Chaque instant passé au Souffre-jour faisait office de renoncement à ma vie passée entre les murs de Préceptorale. Etait-ce l'œuvre d'un diable ? Cela n'avait aucune importance. Mais je savais qu'il ne s'agissait plus d'un passe-temps. Je m'étais plusieurs fois menti en prétendant vouloir ne pas m'ennuyer et goûter seulement à l'enseignement prodigué par le Souffre-jour. En acceptant la proposition de Hurlanc, je savais m'engager bien au-delà de mon noviciat préceptoral. En refusant, peut-être pouvais-je encore m'arracher à l'attraction du collège ? Le voulais-je vraiment ?

— J'accepte, Hurlanc, je suis votre élève à compter de cet instant !

— Bien parlé, Agone, répliqua Hurlanc en brandissant son chapeau. Au travail, jeune homme…

Nous occupâmes le reste de la journée à croquer, sur des parchemins, la forme de ma future rapière. Je ne pensais plus à rien, enivré par ce jeu diabolique. En quelques heures, Hurlanc m'avait brossé le portrait des symboles qui commandaient à l'âme. Mais aucune science n'avait jamais pu stigmatiser tous ces symboles. Hurlanc se basait uniquement sur quelques archétypes. Les rondeurs, par exemple, pouvaient plus facilement générer une âme féminine. Seulement, j'hésitais. Je ne voulais pas d'une rapière comme Gorgielle, amante dangereuse. Il me fallait trouver le dessin d'une garde et d'une lame qui enfante d'un esprit complice, homme ou femme, peu m'importait. Le sentiment gênait Hurlanc qui le trouvait trop craintif et paresseux.

— Seuls des sentiments violents et sans nuances conduiront une rapière à tuer sans remords, à être efficace au mépris de l'autre, répétait-il sans cesse. Et puis, de tels caractères sont faciles à symboliser. Tu éviteras de fâcheuses surprises.

Je ne démordais pas et la main de Hurlanc survolait les parchemins, esquissant sans répit. La nuit vint sans que je m'en aperçoive.

Alors qu'Hurlanc me présentait un dernier dessin, ses yeux s'attardèrent sur mon visage. Un sourire l'éclaira son visage et il se leva brusquement, remua quelques objets sur une table et revint avec un petit miroir ébréché.

— Regarde-toi.

Il me tendit le miroir. Je ne vis rien d'abord, et puis j'aperçus, juste au-dessus du front, à la naissance des cheveux, plusieurs petites mèches blanches.

— Le Souffre-jour, Agone, il t'adopte déjà. Je ne m'étais pas trompé. Tu t'es accordé à lui avec une rapidité stupéfiante ! Demain, tes yeux pâliront sans doute. Quel bonheur !

Il me parlait comme un père constatant les premières blessures de son fils. Je le quittai, heureux comme lui d'être *adopté* par le Souffre-jour.

En refermant la porte du pavillon, je compris mon erreur. La nuit tombée avait plongé la rue dans une noirceur impénétrable. Je distinguai tout juste le bout de mes bottes. J'appelai Hurlanc, frappai à sa porte, mais mes cris restèrent lettre morte. Voulait-il me faire peur ? C'était pour le moins réussi. A tâtons, je commençai à avancer le long du mur, maudissant mon imprudence. Le souvenir de la veille au soir me revint en mémoire. Si les inconnus de la pension voulaient s'en prendre à moi, je serais livré à leur humeur, perdu dans ce brouillard noir. Lentement, je parvins au coin du pavillon. La logique de l'architecture m'aiderait à rejoindre la pension. En marchant droit, je l'atteindrais sans mal. Elle était distante de trois pavillons, ce qui représentait moins d'une centaine de mètres. Je quittai la présence rassurante du mur et avançai avec précaution.

Je n'avais pas fait trois pas qu'un souffle d'air m'arrêta. Il était différent du vent de la mer, plus lourd, plus malsain. Je reculai, conscient d'un danger. Une impression étrange m'envahit. Je n'étais pas seul, quelque chose s'échinait à pénétrer mon esprit en douceur. Et, autour de moi, deux présences s'affirmaient, comme si elles se rapprochaient. Je savais que seul, je serais incapable de lutter dans ce noir d'encre. L'étrange intrus dans mon esprit se fit plus pressant. Je le laissai faire. Une caresse insoupçonnable envahit ma conscience avec *tendresse*. Pareil à un rêve, je vis la nuit se dissiper, mes yeux perçants le noir avec une acuité extraordinaire. Désormais je voyais distinctement et, à moins de dix mètres, deux hommes avançaient lentement, le visage dissimulé sous des masques. Je restai libre de mes mouvements et jouai délibérément l'aveugle, les mains en avant. Les deux hommes se firent un signe de la tête et avancèrent plus rapidement.

— Qui est là ? criai-je d'une petite voix plaintive.

L'homme le plus en avant sortit un couteau.

L'autre me barra la route. Il s'attendait à ce que je me mette à courir. Mais celui ou celle qui m'aidait à mon insu ne m'avait pas encore sauvé. Tout juste me donnait-il la chance de voir le visage de mes assassins... L'homme qui avait sorti son couteau bondit brusquement, son arme levée. Il retomba presque aussitôt avec lourdeur en poussant un cri de rage. L'autre, surpris, s'écria :

— Le Souffre-jour ! Bon dieu, il était avec lui !

Il s'approcha rapidement de son acolyte, l'empoigna par les épaules et commença à reculer. Je ne bougeai pas. Je regardai avec effarement la branche noire du Souffre-jour qui émergeait du sol, presque invisible. Et mon regard se porta sur le pied de mon agresseur. Le sang coulait d'une blessure béante, laissant une traînée ensanglantée sur le sol. Les deux hommes finirent par disparaître au coin d'un pavillon.

Immédiatement, ma vue redevint ce qu'elle était. Le noir reprit ses droits et la nuit éclipsa les alentours. Sans trop de mal, je regagnai la pension. Je comprenais trop bien ce qui m'était arrivé. Les paroles de Hurlanc me revinrent en mémoire. Ainsi donc, il avait vu juste : le Souffre-jour m'ouvrait les bras. Mais quelle était cette conscience qui était venue à mon secours ? Celle de Diurne ? Mes agresseurs avait parlé du Souffre-jour. Se pouvait-il que les arbres eux-mêmes soient intervenus ? Fatigué par toutes ces questions, je gagnai immédiatement ma chambre et me jetai sur mon lit. Je m'endormis d'un sommeil lourd et sans rêves.

V

Le lendemain, je trouvai Arlequin dans la grande salle. Il m'apostropha dès que j'apparus dans l'escalier :

— Messire, vos courtisans s'agitent.

— Mes courtisans ?

Je rejoignis Arlequin au comptoir.

— Vos professeurs politiques, Messire. Votre choix, dans le métier des armes, s'est porté sur Hurlanc. Certains l'apprécient, d'autres non. Chacun le fait savoir et ses amis espèrent bien vous compter parmi eux. Tenez, lisez.

Il me tendit plusieurs missives, sans aucun cachet. Les professeurs politiques, le discours ensorceleur de Hurlanc m'avait fait oublier l'essentiel. Pour devenir une éminence grise, il ne s'agissait pas de se contenter d'une rapière fantaisiste… Je les parcourus rapidement. Sur les dix écoles politiques que comptaient le collège, quatre d'entre elles me déclaraient *persona non grata*. Ces gens me mettaient en garde contre Hurlanc, le traitant de charlatan ou de bouffon. De toute manière, mon choix se réduisait désormais à six écoles, dont je me mis à réunir les missives. Je les étalai sur le comptoir. Arlequin, qui se tenait toujours derrière, se pencha :

— Ne vous formalisez pas, Messire. La pratique est courante au Souffre-jour. Beaucoup d'élèves, du fait de leur choix, en rapière ou en politique, sont implicitement exclus des écoles opposées. Heureusement pour nous, d'ailleurs, c'est la preuve que l'enseignement ici est multiple.

J'acquiesçai en silence et revint à mes missives. L'une d'elles retint mon attention. C'était une invitation courtoise signée d'une femme, dame d'Errance, qui saluait ce choix « courageux et prometteur ». Elle précisait, et la formule me plut, qu'Hurlanc représentait à ses yeux « la consécration du romantisme métallique ». Je décidai de lui rendre visite dans la matinée. Auparavant, toutefois, il me fallait revoir Hurlanc. Ses conseils pouvaient s'avérer précieux.

En sortant, j'aperçus un attroupement autour d'un pavillon, celui-là même que les rumeurs disaient abriter la jeune fille victime des passions de Diurne. Des tentes de fortune avaient été dressées sur ses flancs et l'on distinguait clairement le foisonnement des branches qui perçaient le toit. Certaines d'entre elles avaient également franchi les murs de la bâtisse et dardaient leurs noires extrémités jusque dans la rue. Je m'attardai avec les curieux lorsque je sentis une main se poser sur mon épaule. Longue et osseuse, elle appartenait à un vieillard à la silhouette dégingandée qui me dépassait de plus d'une tête. Ce géant flottait dans un grand manteau noir élimé dont il avait relevé le col, dissimulant ainsi jusqu'à la frontière de ses lèvres. Au-dessus, j'entrevis un visage fatigué, flétri par les âges mais éclairé encore par un regard d'une vive intelligence. Il portait ses cheveux blancs en queue de cheval, retenus par un ruban en tissu rouge et gris.

— Je n'ai plus l'habitude de rester debout, votre épaule m'est d'un grand secours, Messire, me dit-il d'une voix chevrotante.

Je lui cédai de bonne grâce et posai une main sur la sienne. Ce pauvre homme avait l'air d'être sur le point de s'effondrer.

— Vous savez, murmura-t-il, on dit qu'ils ont découvert quelle est la jeune femme qui a ému le cœur de Diurne. Mais elle en aime un autre, un élève. Et ce dernier aurait obéi à ses professeurs exigeant qu'elle rejoigne la tour. Spectacle odieux. Je croyais, jusqu'alors, que nous étions des gentilshommes. De mon temps, cela n'arrivait pas. Mais je parle et ne connais même pas votre nom.

— Agone.

Il me sourit et étreignit ma main.

— L'élève de Hurlanc, le courageux pensionnaire ! On parle beaucoup de vous, Messire Agone. Votre sang-froid est digne d'une éminence. D'ailleurs, votre teint et vos mèches blanches ne trompent pas.

J'avais omis ce matin de m'observer dans un miroir. Les changements remarqués la veille au soir par Hurlanc s'étaient-ils accentués ?

— Et qui êtes-vous ? lui demandai-je

— Oh ! pardonnez-moi. Gabriel Osme, professeur de l'école des Corridors. Je suis fatigué, Messire Agone. Mes jambes ne me supportent presque plus. Me raccompagnerez-vous ?

J'acceptai, naturellement, l'appui de ce professeur politique pouvant se révéler utile indépendamment de la sympathie qu'il m'inspirait. Il habitait un pavillon en vis-à-vis de celui de Hurlanc. Je le quittai sur une invitation à dîner, que je m'empressai d'accepter, pour le soir même.

Hurlanc m'avait à peine ouvert la porte qu'il s'exclama :

— Agone ! Serais-tu malade ? Tu es bien pâle ce matin !

Et il éclata d'un rire sonore, m'assénant une grande claque dans le dos. J'attrapai sans plus attendre le miroir et constatai combien le Souffre-jour déteignait sur moi avec une rapidité stupéfiante. Mais, seuls le visage et les cheveux subissaient cette étrange transformation. La peau gagnait vers le gris sans pour autant lui donner l'air malade, et le toupet blanc au sommet du front, à peine visible la vieille, avait blanchi un peu plus, emportant d'autres mèches avec lui. Ces cheveux, encore courts à mon arrivée au Souffre-jour, tombaient désormais sur mes épaules. Esthétiquement, la perspective d'avoir de longs cheveux blancs ne me gêne pas. Je redoutais seulement cette peau grise que mon esprit associait encore à la maladie.

— Allons, cela te sied à merveille, mon garçon. Tu es l'un des nôtres, maintenant. Oubliée, Préceptorale.

L'espace d'une seconde, je me vis lui répondre que jamais je n'abandonnerais Préceptorale et que je quitterais ce collège le plus vite possible. Mais les mots restèrent cachés, et disparurent aussi vite qu'ils avaient été pensés. Oubliée, Préceptorale ?... Sans aucun doute.

— Tu m'amènes quelques bonnes idées, Agone ? s'enquit Hurlanc.

Il parlait de la rapière.

— Non, je viens pour t'entretenir de la suite de mon enseignement. La politique, la raison d'Etat, Hurlanc. J'ai reçu ce matin certaines missives émanant de plusieurs professeurs du collège. Une femme a retenu mon attention : dame d'Errance. Pourrais-tu me parler d'elle ?

— Sûrement pas. Elle n'a guère d'intérêt. Une femme si classique ne t'apprendrait rien.

— Classique ? Alors qu'elle parle de ton art comme d'un romantisme métallique ! Je lui trouve une largesse d'esprit séduisante...

— De la poudre aux yeux !

Il s'emportait, démesurément. Avait-il une rancœur secrète à l'égard de cette dame ?

— Elle sait pertinemment que je draine les meilleurs élèves. Et elle veut te prodiguer à toi, Agone, son enseignement !

Etait-ce mon imagination ou Hurlanc semblait véritablement *terrifié* à l'idée que je travaille avec dame d'Errance ?

— Non, ne perds pas ton temps, Agone. Il est trop précieux. Avec les facéties de Diurne, nul ne sait ce que réserve l'avenir. Un seul homme te conviendrait, Mélodène. Il est le seul qui puisse véritablement faire de toi une éminence grise digne de ce nom. N'hésite pas une seconde, Agone. Mélodène doit être ton professeur politique.

Cela ressemblait trop à un ordre. Hurlanc oubliait trop vite qu'il n'était qu'un maître d'armes, original, soit, mais que rien n'autorisait à s'improviser mon tuteur. Je le regardai différemment, plus méfiant. Je ne savais rien de lui. Il m'avait rencontré plus ou moins par hasard. J'avais eu l'intention de lui parler de l'incident de cette nuit mais je n'en fis rien. Il me tardait d'avoir un autre point de vue, un autre regard sur le Souffre-jour. Seulement, le collège était trop petit pour qu'une visite à dame d'Errance ne se sache. Je ne voulais pas le provoquer, du moins, pour l'instant. Il me restait ce curieux vieillard, Gabriel Osme…

Hurlanc avait perçu ma réticence, et il comprit qu'il venait de perdre cette confiance un peu aveugle que j'avais mise en lui. Nous passâmes le reste de la journée à discuter sans passion de la rapière. Lorsque le crépuscule s'annonça, je pris congé et m'en allai voir directement Gabriel Osme.

Son pavillon était en tous points identique aux autres. Il n'y avait, pour seul caprice, qu'un heurtoir en bronze représentant le visage d'une créature sinistre et grimaçante. Le premier signe ostensible du démon au Souffre-jour. Que fallait-il comprendre ? Il était trop tard pour reculer. Le bruit sourd du bronze se répercutait déjà dans le pavillon. La porte s'ouvrit sans un bruit et le visage de Gabriel Osme s'encadra dans l'embrasure. Il m'observa longtemps, me détaillant froidement. Et puis, il sourit et la porte s'ouvrit en grand pour me laisser passer. Il portait toujours le même manteau crasseux et en tenait fermement le col relevé. L'intérieur du pavillon ne ressemblait aucunement à celui de Hurlanc. Au joyeux désordre du maître d'armes répondait ici un ordonnancement rigoureux. Tout autour du tronc du souffre-jour s'étoilaient des tables en marbre blanc et, derrière chacune d'elle, un grand fauteuil recouvert de velours noir, des effets gothiques auxquels je m'étais habitué. Plus étrange, des hommes et des femmes dormaient dans des niches creusées à même les quatre murs du pavillon. Leur chevelure blanche qui, par endroit, débordait des niches, donnait à l'ensemble un aspect irréel et fantomatique. La pièce était éclairée par un unique chandelier posé sur l'une des tables. Gabriel Osme m'indiqua en silence un petit escalier en colimaçon, emporta le chandelier et me fit monter au second étage.

C'était une bibliothèque très riche à voir la multiplicité des reliures spécifiques à de nombreuses baronnies. Cet homme, s'il avait lui-même composé sa bibliothèque, devait avoir beaucoup voyagé. Il n'y avait, en guise de mobilier, que les rayonnages qui couraient sur tous les murs de la pièce. Le tronc du souffre-jour qui perçait la pièce en son centre faisait penser à un gardien silencieux veillant sur les précieux ouvrages. Nous nous assîmes contre l'arbre et il posa le chandelier devant lui.

— Le Souffre-jour court à sa perte, le savez-vous ?

Il me posa la question d'une voix posée, moins affectée que ce matin.

— Certains le disent. Hurlanc pense que Diurne retrouvera ses esprits.

— Hurlanc… Hurlanc… Faites attention, Agone. Votre maître d'armes n'est pas forcément le guide complaisant attendu. Ne vous laissez pas aveugler par son art. Je le respecte tout autant que vous. Mais cela ne le met pas à l'abri de l'opportunisme.

— Soyez plus clair. Nous sommes seuls, vous pouvez me parler franchement.

— Croyez-vous que les fées noires lui aient enseigné le secret des âmes sans contrepartie ? Hurlanc souffre, comme tous les professeurs du Souffre-jour, d'une blessure secrète, d'un mal qui le ronge. Diurne et ses arbres nous ont offert un sursis, rien de plus.

— Qu'êtes-vous en train de me dire ?

— Vous avez conscience de la perversion qui anime ce collège ? Chaque professeur est mourant et seul la magie de Diurne nous garde en vie. Hors des murs du collège, nous serions terrassés. Nos maux sont enchaînés quelque part dans un coin de nos carcasses moribondes. Ils attendent leur heure, se fortifient en guettant ce jour où, par amour pour la lumière, nous quitterons l'aura bienfaisante du Souffre-jour. Ceux qui ont franchi le crépuscule n'ont jamais fait plus de quelques mètres, assaillis par un mal goûtant à sa nouvelle liberté. De mon temps, j'ai eu le choix, comme les autres, entre ce collège et la mort. J'ignore encore si j'ai fait le bon choix…

Le silence tomba. L'une des chandelles s'éteignit, et j'entendis distinctement le chaud grésillement de la cire.

— Pourquoi êtes-vous là, Agone ? Cherchez-vous conseil ?

— Oui.

— Hum... Cela ne me plaît pas. Je risquerais d'être partial et de vous induire en erreur. Pourtant, j'aimerais mieux éviter qu'un Psycholune ait ce privilège. Je suis encore le doyen du Souffre-jour. J'ai vu les nains achever la construction du collège, j'ai vécu chacune des crises de notre cher Diurne. Et j'ai surtout pu évaluer la valeur des divers professeurs qui enseignent ici. Procédons avec méthode. Vous avez le choix, en théorie, entre dix pavillons. Quatre d'entre eux vous ont déjà exclu pour avoir choisi Hurlanc. Que vous reste-t-il ? Vous ne pourrez pas suivre les cours de dame Rose. Son pavillon ne forme que des femmes. Une formation qui allie l'étude du pouvoir et de l'épouse sur la base d'un régime extrêmement difficile. Les rares élues apprennent à concilier ces deux grands rôles. Le résultat est fascinant, croyez-moi. Les barons vivent encore dans le souvenir d'une épouse silencieuse et dévouée. On ne fait pas attention à une femme discrète penchée sur son ouvrage. Et, de toute façon, que peut-elle comprendre ? se disent-ils... L'éminence grise est un métier de femme, en somme. Elles font les plus grandes espionnes, les barons ne s'en méfient jamais. Et le lit vaut souvent les meilleures intrigues de couloir. Enfin, vous n'y avez pas votre place, naturellement. Je pourrais vous parler aussi du professeur Madareigne. Il est le plus expéditif d'entre nous. Il préfère un assassinat à de longues tractations. Il n'est pas très efficace. Ses élèves sont sans finesse. De toute façon, ils apprennent la rapière uniquement au pavillon des Faux-semblants, tenu par un ancien assassin de haute voltige. Même si vous n'êtes pas *persona non grata* chez Madareigne, vous ne pourrez pas suivre son enseignement. Hurlanc, encore une fois, rétrécit votre choix.

Il s'interrompit un moment, déplia ses longues jambes arachnéennes et attrapa sur un rayonnage de la bibliothèque un petit carafon :

— Une liqueur d'Yrgonde, déconseillée à mon âge mais c'est là mon seul vice, me dit-il avec un clin d'œil malicieux.

Il revint s'asseoir près de moi.

— Non, Agone, je crois que vous avez réellement le choix auprès de trois professeurs. Le premier, Hectole, vous offrira un petit rôle. Vous deviendrez une éminence parmi d'autres, essayant de se persuader de son importance avec une rapière originale. Je n'aime pas Hectole. Il n'invente rien.

Par contre, il y a Içeulion. Avec lui, vous pouvez peut-être prétendre à devenir l'une de nos plus grandes éminences. Il s'efforce de faire cohabiter des personnalités multiples et ses cours ressemblent à du théâtre. Il travaille la forme et vous donne les armes d'un comédien. Contrairement aux autres éminences, votre jeu sera public. Cela est très difficile. La manipulation dans l'ombre est facile, en définitive. Mais, au grand jour, vous devez en permanence vous surveiller tout en jonglant avec votre entourage. Nos grandes éminences sont souvent sorties du pavillon d'Içeulion. Pour le dernier d'entre eux… Eh bien ! J'ignore presque tout de ses méthodes. Il s'appelle Mélodène, et Hurlanc a dû vous le conseiller. (J'approuvai en silence.) Mélodène prétend que les passions régissent à elles seules le jeu du pouvoir. Pourquoi pas ? Ce choix l'a tout particulièrement rapproché de Diurne. Ses études sont un fouillis inextricable où alternent les poèmes épiques, les romances, la musique et plein d'autres choses que j'ignore. Peu d'éminences ont quitté son pavillon pour le monde. Il vacille à chaque élève. Qui sera un échec complet ? Qui sera une brillante réussite ? Beaucoup ont été discrètement ramenés au monde dans un chariot bâché et confiés, selon la rumeur, à de sordides asiles. Je ne préfère pas m'avancer. Personne ne sait réellement à quoi tient l'enseignement de Mélodène. Lui et ses élèves ne sont pas très expansifs...

— Hurlanc m'a *vivement* recommandé Mélodène.

— N'y faites pas attention, bon sang ! Choisissez en votre âme et...

Il me poussa rudement sur le côté, les yeux sévères. Il me montra, à l'endroit où j'avais posé ma tête, la pointe d'une branche.

— Quelques secondes de plus et vous étiez prisonnier. Nous n'avons plus beaucoup de temps. Je dois vous abandonner, Agone, protéger mes élèves. Descendons.

Je le suivis à contrecœur. Son petit discours m'avait intéressé et j'avais d'autres questions à poser, en particulier sur lui et les cours qu'il dispensait, mais son front soucieux et son regard inquiet m'en dissuadèrent. En bas, les branches étaient folles. J'avais même l'impression de voir osciller certaines d'entre elles lorsqu'elles poussaient leurs extrémités au travers du mobilier.

Le professeur réveilla ses élèves un à un. Il m'ordonna presque de partir, refermant rapidement la porte derrière moi.

La rue était exceptionnellement animée. Des gens criaient un peu partout, on installait des tentes à la hâte. La tension montait d'heure en heure. Les voix tremblaient, les regards se tendaient. Tous portaient invariablement leurs yeux vers la tour de Diurne. Elle avait presque disparu derrière le foisonnement des branches qui tressaient un maillage noir et impénétrable. Les pavillons, quant à eux, faisaient penser à des animaux blessés ou craintifs, dardant leurs défenses dans un réflexe de survie. On distinguait ici et là sur leurs flancs, le renflement des branches qui se faufilaient au travers des murs. Les toits ressemblaient à des chevelures de méduses. Etait-ce le vent qui agitait ainsi les branches au faîte des toitures ? J'en doutai.

Je me faufilai dans la rue et rejoignis le pavillon de Hurlanc. Je tambourinai longtemps avant qu'il ne daigne entrouvrir la porte.

— Ah ! Agone, entre vite.

Son visage était décomposé. Il ne portait pas son chapeau et ses cheveux tombaient en désordre comme un masque lacéré. L'intérieur du pavillon était fantasmagorique. Les branches basses envahissaient la pièce, empalant sur leur passage de nombreux objets. Elles tombaient vers le sol comme celles d'un saule pleureur, donnant l'impression de vouloir empêcher quiconque d'avancer jusqu'au tronc. Hurlanc était paniqué. Il me montra la pièce, les bras ballants.

— Que veux-tu faire contre *ça*, Agone ? Cette maudite pucelle n'a donc aucun sens des responsabilités ! Diurne n'est pas un mauvais bougre. Dire qu'elle s'est donnée à un obscur gentilhomme en formation. Où va-t-on ?

Il leva les bras au ciel, puis écarta rageusement des objets pour ne pas les laisser sur le trajet des branches. A vue d'œil, il était impossible de les voir bouger. Je m'approchai de l'une d'entre elles et avançai ma main. Elle *palpitait* sous ma main, dégageant une chaleur moite et inquiétante. Elle exhalait un parfum étrange, mélange de soufre et de sueur.

— Je ne suis plus en sécurité, Agone, et toi non plus. (Il se laissa tomber lourdement sur une chaise.) Cette donzelle va anéantir près de trois décennies d'excellence et de savoir, railla-t-il. Quelle ironie…

Il m'indiqua une chaise.

— Tu dois, dès cet après-midi, prendre une décision, Agone. Le temps presse. Tu dois impérativement poser tes marques avant que l'irréparable ne se produise.

— A quoi bon ? Si le collège disparaît, il ne restera rien. J'ai su certaines choses auprès de Messire Osme. Que le Souffre-jour tombe, et les professeurs chuteront avec lui.

Hurlanc me fixa longtemps avant de comprendre que j'avais effectivement rencontré Gabriel Osme et que je connaissais le secret de leur sursis. Il me répondit d'une voix lasse :

— D'accord, Agone. Je serais plus direct. Je suis persuadé que nous sortirons de cette crise. Le collège peut s'affoler, les Psycholunes arriveront toujours à raisonner Diurne. J'ai joué, je le concède, avec cette tension, pour t'aguerrir, pour précipiter ton intronisation au sein du collège. Je ne veux pas te perdre. Tu es un élève exceptionnel, de ceux qui se comptent sur les doigts d'une main. Tu portes encore les stigmates bon enfant de Préceptorale. J'ai voulu accélérer leur disparition, précipiter ton renoncement pour que tu n'aies pas le temps de te poser trop de questions. Tu sais, je suis fier d'être ton professeur. J'étais prêt à tout faire pour te garder. Maintenant, tu es libre. Je te garantis que Diurne reviendra. Les professeurs le savent et se contentent de jouer avec les nerfs de leurs élèves pour les évaluer. Il est vrai que cette crise ne ressemble à aucune autre. Mais les Psycholunes savent s'y prendre. Dans un jour ou deux, crois-moi, Diurne réapparaîtra et ses paupières s'abaisseront en cadence pour tailler les branches de nos souffre-jours.

Il me regardait, une lueur coupable dans les yeux. Je n'étais guère étonné par sa confession. L'atmosphère du Souffre-jour laissait augurer ce genre de pression. Je m'étais laissé faire tout simplement parce que j'acceptais de devenir un élève du collège. La réaction de Hurlanc était de bonne guerre. Comment ne pas s'en sentir flatter ? Mais je devais rester prudent. Ma décision, toutefois, était prise. J'irai voir Mélodène. Que risquais-je ? D'être déçu ? De toute façon, il restait encore Içeulion,

— Je vais aller voir Mélodène, murmurai-je.

Le visage de Hurlanc s'éclaira.

— Merci, Agone, merci et pardonne-moi pour tout.

Je le laissai à ses remords, si tant est qu'ils fussent vrais, et sortais dans la rue. J'avais vu, la vieille, un homme montrer du doigt le pavillon de Mélodène. C'était le septième si l'on se plaçait face à la tour de Diurne, à l'entrée du collège. La façade était commune bien que les volets soient clos, et surtout, aucune branche n'était visible, hormis celles qui perçaient le toit. La porte en bois s'ornait seulement d'un anneau de fer. Je frappai une première fois, puis une seconde. J'entendis distinctement le bruit se répercuter dans le pavillon mais personne ne répondit. Je m'apprêtais à empoigner l'anneau pour la troisième fois lorsque la porte s'entrouvrit légèrement. Je n'avais entendu aucun pas, ni le cliquetis d'une clé. Le silence, toutefois, fut rompu. Le son d'une mélodie assourdie me parvint aux oreilles. A mes heures, j'étais mélomane, et je reconnus sans pouvoir me tromper les notes achevées d'une cistre. L'instrument s'était généralisé depuis longtemps et avait dépassé le cercle étroit des grandes cours du royaume pour être utilisé par d'humbles troubadours. Je ne connaissais pas la mélodie mais les notes égrenées étaient d'une telle audace que leur auteur devait être un très grand musicien. Je voulus faire un pas et ouvrir la porte en grand mais la musique s'accentua brutalement. Vertigineuse, bouleversante, elle envahit mon esprit et je perdis peu à peu le sens des réalités. Du coin de l'œil, je vis la rue se tortiller comme un serpent et les pavillons disparaître dans une brume cotonneuse. Puis, soudain, les notes retombèrent pour devenir une douce mélopée. La tête me tournait et j'entrai d'un pas mal assuré.

Lorsque je refermai la porte, l'obscurité trembla. Comme une brume matinale blessée par le soleil, elle se retira lentement, découvrant un étrange décor. Il ne pouvait s'agir de l'intérieur d'un pavillon : le tronc du souffre-jour ne se dressait pas au centre de la pièce. Je ne vis d'abord que de vieilles poutres. Usées, marquées, entaillées par des générations de lames, elles s'éparpillaient à l'avenant dans toute la pièce. Un bruissement caverneux s'amplifia progressivement et se transforma en murmures étouffés émanant de tous les recoins de la pièce. Je fouillai plus attentivement la pénombre. Le noir recula encore un peu plus et je distinguai des tables basses, des petits fauteuils pourpres aux croisillons d'osier… Je connaissais l'endroit : la taverne de Sanguine.

Le décor s'installa, se précisa. Dans les fauteuils, je vis des silhouettes menaçantes, enveloppées dans des pèlerines, le capuchon rabattu. Dessous, des dizaines de petits yeux scintillants m'épiaient avec attention. Mon regard glissa sur le sol clairsemé d'efflorescences rougeâtres. Du sang… C'était ce macabre folklore qui faisait toute la réputation de cette taverne. Comment pouvais-je me trouver là ? Un rêve ? Mais ce luxe de détails, cette odeur caractéristique qui me mettait l'eau à la bouche ? Je me trouvais bien là, en ce lieu maudit où nous nous réunissions étant jeunes avant de nous enfoncer dans les ruelles des Bas-quartiers. J'avais gardé cette fréquentation secrète, même au plus fort des confessions préceptorales. J'avançai parmi les tables. Plusieurs hommes hochèrent la tête à mon passage, le sourire voilé. Petitombre, Daguel, des compagnons disparus, des fantômes…

Au centre de la salle, je trouvai Sanguine, trônant au beau milieu de sa table ronde. Enorme, l'expression porcine, le visage strié de petites veines écarlates, elle était occupée comme de coutume à ses alchimies, distillant ici et là les gouttes de *sang* qui rehausseraient le goût de ses liqueurs. A cet instant, l'atmosphère m'assaillit tout entière. Les voix sourdes et l'odeur de mort eurent raison de mon esprit et je me laissai entraîner comme un fétu de paille par ce tourbillon sensitif. Je manquai de m'écrouler lorsqu'une main solide vint à mon secours. L'homme ne devait pas avoir plus d'une quarantaine d'années. Il avait le front haut, le teint cendreux et son visage était encadré par de longs cheveux blancs. Immédiatement, je sus qu'il s'agissait de Mélodène. Il me regarda avec de grands yeux pâles, me souriant franchement. Il me soutint par le bras jusqu'à une table où précisément, je m'asseyais à l'époque.

Je ne cherchais plus à comprendre, dépassé par ce qui m'arrivait. Je dévisageai un peu plus le professeur. Il avait l'un de ses visages lisses et sans histoires que l'on oublie aussitôt les avoir quittés. Un visage de l'ombre, invisible et anodin. Une arme dans les mains d'une éminence grise. Par contre, ses yeux exprimaient une réelle franchise, chose peu courante dans le collège. Il m'observait en silence, attendant sans doute que je reprenne mes esprits.

— Un souvenir, dit-il en me montrant la taverne. Je les extrais de ta mémoire. Il s'agissait avant tout d'un signe de bienvenue. Mais certains t'ont appris à te défier de ce genre d'endroit. Tes étourdissements sont dus à ces barrières indélicates.

— Préceptorale, répondis-je.

Des élancements douloureux fusaient dans mon crâne et je fixais tant bien que mal mon interlocuteur.

— Les précepteurs... Ils sont malheureusement de bonne foi, rétorqua-t-il.

Il n'insista pas davantage. Sanguine s'était approchée de notre table et Mélodène commanda pour moi. Lorsqu'elle revint avec ses deux coupes aux sanglants reflets, je bus avidement, renouant avec le goût aigre et revigorant du sang. J'avais conscience de la perversion du lieu et de ce qu'il servait. Mais il était trop tard pour renoncer. J'avais volontairement accepté de faire le jeu du cynisme et de la mort en cédant aux règles du Souffre-jour. Je *m'abandonnais* à la perversion, y puisant une nouvelle vigueur. Le sang débordait de la commissure de mes lèvres et coulait en deux fines rigoles le long de mon menton. A l'époque, nous nous amusions d'un tel effet, heureux de ressembler aux vampires des légendes. Mélodène hocha la tête et me dit :

— C'était ton souvenir le mieux enfoui, un véritable trésor. J'ai cru bon de le déterrer...

— Vous avez bien fait. J'aimais cet endroit, sa

franche abjection. Seulement, le voir surgir ainsi là où, vraisemblablement, il ne peut être ?

Il comprit le sens de ma question :

— En ce moment, tu somnoles à mes côtés, lové dans l'une des branches du souffre-jour. Quant à moi, je joue pour que nous soyons ici, dans ce décor, fort étrange, ma foi.

Je réalisai pleinement le sens de ce qu'il venait de dire. Nous étions plongé dans un rêve qu'il avait extrait de mon esprit. Je repensai à l'intrus inconnu qui m'avait sauvé la mise la nuit de mon agression. Etait-ce la même personne ?

— Agone, tout cela a-t-il un sens pour toi ? Comprends-tu ce qui est en jeu ?

— Non. J'étais venu vous voir, persuadé d'avoir affaire à un professeur original, mais ça ! m'exclamai-je en montrant la salle.

— Tu n'es pas comme les autres, Agone. Ta volte-face morale, des Bas-quartiers à Préceptorale, a fait de toi un être à part. Les deux coexistent en permanence et te rendent perméable aux deux grandes influences du collège : la tromperie et la naïveté. C'est ainsi que potentiellement tu es un élève exceptionnel. Préceptorale t'a suffisamment marqué pour que tu aies la confiance naturelle de Diurne au travers des souffre-jours. Et pourtant, tu restes l'assassin, le meurtrier de ton adolescence. Un état très particulier, fascinant. Je te rassure. Je ne lis pas en toi à livre ouvert. Il n'était pas difficile de tirer ce genre de conclusion. Un Psycholune aurait très bien pu le faire à ma place. Désormais, tu as ta place comme éminence grise. Et tu es là pour savoir si je peux être ton professeur.

— Attendez ! Je veux être sûr de ne pas m'engager en vous écoutant. Sommes-nous d'accord ?

— Bien sûr, mon ami, bien sûr... Connais-tu le Centresprit ? me dit-il à brûle-pourpoint.

— Un mythe de plus, je crois.

— Ce n'est pas un mythe. Le Centresprit existe et il inspire mon art, celui-là même qui te fait vivre ce rêve. Le Centresprit est de nature divine. Il existe seulement dans le rêve des Dieux. Car, vois-tu, les Dieux aussi dorment et rêvent. Et je t'assure que leurs rêves ont des dimensions insoupçonnables. Ce n'est pas tant un ordre de grandeur. Les Dieux n'ont pas forcément une imagination débordante. Non, la force de leurs rêves, c'est de ne pas se fourvoyer dans les petites affaires humaines. Leurs rêves appartiennent toujours à des fantasmagories colorées et grandioses. Les Dieux aiment, me diras-tu. Le Panthéon n'échappe pas à certaines affres proprement humaines comme l'amour ou la haine. C'est exact mais ces rêves là s'inscrivent dans une logique divine, comme l'éternité par exemple. Le Centresprit est constitué par les rêves des Dieux.

Il est né de leur imagination. Il est sans être, obéissant aux tourments des rêves divins. Un jour, les Dieux ont trop rêvé. Comment t'expliquer ? Moi-même, je ne suis pas sûr d'avoir compris ce qui s'est réellement passé. Il faut croire que le Centresprit a été incapable d'engloutir les rêves des Dieux et qu'il a dû se débarrasser de certains d'entre eux. Il n'avait qu'un seul moyen à sa disposition : créer. Ce *trop-plein* de rêves a été converti en chair par le Centresprit. Un homme est né comme un exutoire charnel. La complexité de la création a permis *d'avaler* les rêves afin que les Dieux ne deviennent pas fous. Cet homme, baptisé Lucine, a conduit à notre naissance, celles des Accordés.

Il se cala plus confortablement sur sa chaise et but du bout des lèvres :

— Nous ne sommes pas nés uniquement par lui. C'était un fou, un illuminé. Il vivait en racontant des contes inconnus, de village en village. Un conteur jamais inégalé. Il tenait ses histoires des Dieux eux-mêmes et les enfants, comme leurs parents, pleuraient lorsqu'il partait. Son chemin croisa, un soir, celui d'une petite troupe de musiciens, des troubadours. Ils devinrent inséparables. Lui les nourrissait de ses contes et eux de leur musique, la seule chose qui les fasse aimer les hommes. Ils vivaient tous dans un grand chariot et le temps s'écoulait paisiblement. Pourtant, à leur insu, un phénomène étrange s'amplifia, servi par des histoires oniriques et la musique. Une nuit, une tempête les surprit et ils se réfugièrent dans une chapelle abandonnée. Là, les troubadours se mirent à jouer pour se réchauffer et lui commença une nouvelle histoire. Est-ce l'acoustique des lieux, l'histoire elle-même ou la virtuosité d'un soir de ses six musiciens ? Toujours est-il que les mots et les notes conjugués ouvrirent toutes grandes les portes de leur esprit et les firent accéder à un pouvoir, mon pouvoir et peut-être bientôt le tien. Ils découvrirent après cette nuit-là que la musique leur permettait de s'introduire dans l'esprit des hommes et de les manipuler à leur guise.

La vérité est plus subtile, en réalité. Loin des mages, l'Accord permet de faire naître chez l'homme toutes sortes de fantasmes qui, souvent, le transportent ou le terrassent. Ces suggestions sont la descendance imagée, symbolique, de Lucine. A chaque fois que l'un d'entre nous se sert de son pouvoir, il crée un fantasme, un enfant de Lucine. Tous les musiciens sont morts aujourd'hui. Mais ils ont légué leur pouvoir et je suis le dépositaire de celui qui, à l'époque, jouait de la cistre. Les cinq autres instruments ont constitué leur propre famille. Deux musiciens n'étaient pas humains et ont transmis le secret à des gens de leur race. Tu seras sans doute amené à les rencontrer un jour. Nous sommes une petite centaine de la famille dite de la *cistre*. Tu peux devenir l'un d'entre nous. Tu nous seras utile. Les relations entre chaque instrument sont parfois difficiles et les conflits ont plusieurs fois dégénéré. En devenant éminence, tu serviras autant ta nouvelle famille que l'idéal du Souffre-jour. Ne te méprends pas surtout. En devenant un Accordé, tu décides de partager une musique et un talent. Il te faudra apprendre à jouer, à composer seul. Les meilleurs musiciens peuvent insuffler à leurs fantasmes le plus de crédibilité.

— Et l'enseignement des passions qui, soi-disant, conduisent votre enseignement ?

— Il faut bien nourrir les rumeurs, mon garçon. Et elles sont vraies en un sens. En Accordé, tu auras plus de facilité à générer le fantasme à partir d'une passion. La fantasmagorie y puisera l'aveuglement de ta victime.

Il s'interrompit pour me regarder droit dans les yeux. Je restai coi, dépassé par ses révélations. Avais-je ma place, moi, Agone, entre ce musicien et Hurlanc ? Entre un instrument et une rapière obéissant à des principes surnaturels ? Je n'arrivais pas à croire que le petit novice de la baronnie de Rochronde soit à l'aube de devenir un homme si marginal et si *puissant*. Puissance… Le mot s'affichait clairement. J'avais longtemps existé au travers de Préceptorale, agissant pour elle et par elle. A cet instant, j'étais en mesure de choisir pour moi seul, cela me donnait le goût d'une liberté retrouvée. J'y cédai sans vergogne et mesurai l'intérêt de l'Accord. Indubitablement, il ferait de moi un être à part. Mais j'ignorais trop de choses encore. Les différentes familles issues de chaque instrument m'effrayaient. Quel pouvait être l'enjeu de leurs différends et comment réglaient-ils ces derniers ?

Je posai la question à Mélodène.

— C'est pourtant simple, Agone. Chaque instrument a développé, tu l'auras compris, sa propre idée du fantasme et de la façon de s'en servir. Ma situation est quelque peu nuancée puisque j'appartiens au Souffre-jour…

Je réalisai subitement que lui aussi était, à en croire toujours Gabriel Osme, sujet à un mal profond.

—… Mais la plupart des Accordés ne s'entendent pas sur l'usage de leur talent. En particulier les gens du clavecin qui ont été depuis longtemps débaptisé et sont devenus les *Fauxaccords*. Ils mènent contre nous une lutte sans merci afin d'être les seuls à posséder ce talent. Tu apprendras à te méfier d'eux.

En règle générale, la diplomatie et l'instinct de famille triomphent avec les autres familles. La cistre, pour sa part, s'entend à merveille avec ceux du hautbois. Mais tout cela n'a guère d'importance. Je te demande de réfléchir sur le talent lui-même et la façon dont il t'aidera à devenir une éminence grise. Nos problèmes de famille ne doivent pas commander ta décision. Tu es au Souffre-jour, seule la fin est en jeu. Hurlanc et moi ne sommes là que pour te fournir les moyens les plus efficaces pour devenir une éminence grise digne de ce nom.

Pouvais-je refuser une telle offre ? La perspective de se jouer de l'esprit des autres m'enivrait. Quelle revanche sur les exercices de langage fastidieux et souvent impuissants de Préceptorale ! Nous avions appris la diplomatie de village et nos discours s'avéraient souvent décalés, intellectualisant et vaniteux. Je discernais très mal les tenants et les aboutissants de l'Accord mais le peu que j'en savais me suffisait. Et puis, il me tardait de prendre des initiatives, de cesser d'être ballotté comme un pantin, livré aux beaux parleurs du collège. Je sentais que les révélations de Mélodène me donneraient les moyens d'égaler sinon de surpasser les meilleurs élèves du Souffre-jour. Je ne comprenais pas tout à fait par quel miracle toutes ses opportunités s'offraient à moi. Etais-je vraiment le jouet de professeurs désireux de profiter de cette dualité que j'héritais de l'adolescence ? Je n'avais pas la réponse mais je savais une chose : j'étais à l'aube de changer, je devais saisir cette chance.

— Voudriez-vous de moi comme élève, susurrai-je avec un sourire forcé.

— Je n'en attendais pas moins.

Aussitôt le décor de la taverne s'effilocha comme une vieille toile et je me retrouvai recroquevillé sur moi-même entre les deux grosses racines noires d'un souffre-jour. A mes côtés, Mélodène jouait encore quelques notes subtiles qui se perdirent doucement entre les branches. Je découvrais son pavillon. Modèle de dépouillement, il n'y avait, en plus du souffre-jour, qu'un unique bureau en fer forgé recouvert d'un fatras indicible, mélange de grandes feuilles parcheminées, de petits instruments et de livres poussiéreux. Tous ces objets s'entassaient sans ordre sur le bureau déjouant toutes les lois de l'équilibre. Mes membres étaient ankylosés et je m'extrayais à grand-peine d'entre les racines. Une fois debout, Mélodène me raccompagna, bras dessus bras dessous, jusqu'à la porte.

— Reviens demain, Agone. Hurlanc prendra l'après-midi et moi le matin, me confia-t-il.

Et la porte du pavillon se referma. La rue

avait changé. Au désordre du matin avait succédé un calme étrange. Le vent s'était levé et traversait la rue en gonflant la toile des tentes que flanquaient presque tous les pavillons du collège. Les branches désormais avançaient jusqu'au milieu de la rue, comme si, entre chaque pavillon en vis-à-vis, elles eussent voulu se rejoindre. Fait curieux, elles évitaient les tentes comme si elles respectaient le maigre refuge des habitants du Souffre-jour. J'avais eu l'intention d'aller rendre visite à Hurlanc pour lui parler de Mélodène mais ce lacis de branches me terrifiait. Je ne savais pas au juste ce qu'il arrivait lorsque l'une d'elles vous capturait. Je trouvai plus raisonnable de regagner immédiatement la pension. Seulement, je n'avais pas fait trois pas qu'une voix portée par le vent me parvint aux oreilles.

— Agone... Agone...

Je fixai la pénombre et discernai une silhouette près du pavillon de Hurlanc qui agitait ses bras avec insistance. Je reconnus le chapeau. Mon maître d'armes hurlait à pleins poumons et me faisait signe de venir le rejoindre. J'hésitai. Mais la voix de Hurlanc devint si suppliante que je cédai. J'avançai rapidement entre les branches en prenant soin de regarder tout autour de moi afin de ne jamais être trop près de l'une d'entre elles. Entre deux pavillons, j'entr'aperçus un homme assis, la jambe transpercée par une branche, qui attendait tranquillement qu'elle veuille bien le libérer. En m'approchant, je vis combien Hurlanc paraissait inquiet. Il avait perdu de sa bonhomie habituelle et son visage reflétait une véritable panique.

Contrairement aux autres, il n'avait pas installé de tente dehors et il s'engouffra dans le pavillon en me poussant devant lui. L'intérieur ressemblait à une forêt en miniature : les branches retombaient vers le sol comme des troncs étroits et noueux. Hurlanc m'indiqua dans un coin de la pièce, près de l'escalier qui menait à la galerie, un espace encore préservé. Nous nous y assîmes. Nous regardions avec attention les branches à quelques mètres de nous, prêts à nous échapper si elles faisaient mine d'avancer vers nous.

Hurlanc étreignit mon bras avec une vigueur maladive et me dit d'une voix anxieuse :

— On ne joue plus, Agone. Je ne sais pas réellement ce qui se passe mais les Psycholunes se font attendre ! Je n'ai jamais vu ça, jamais… J'ai voulu dédramatiser tout à l'heure mais je me trompais lourdement. Tu arrives peut-être trop tard, mon pauvre garçon. Je ne sais plus vraiment quoi te dire. Qui sait si ce collège sera encore debout demain ? La peur, un vieux sentiment pour moi, m'empêche de réfléchir. Si Diurne s'obstine, je vais mourir, c'est sûr…

Sa voix déclina et il baissa la tête, désespéré. Les rôles s'inversaient, curieusement. Le maître cherchait auprès de moi un réconfort, un mot d'espoir. Il m'agrippa soudain par le col avec une rage impuissante. Une larme de colère coulait le long de sa joue. Il avait l'air si piteux ! Mais, comme lui, à voir ainsi le collège vaciller, j'étais fébrile et mes yeux couraient sans repos le long des branches en quête du moindre tressaillement. Il relâcha mon col et se tassa un peu plus contre le mur. Je restai longtemps à ses côtés, sans prononcer un mot, respectant sa douleur, son appréhension. Le temps s'écoulait lentement, lourd et inquiétant.

Nous n'avions pas pensé que le danger viendrait de l'escalier. Jetant un œil dans cette direction, je réalisai que notre petit refuge s'était rétréci. Des branches, par dizaines, avaient envahi les marches supérieures et descendaient silencieusement vers nous. Elles ne bougeaient pas vraiment, bien sûr, mais j'avais l'impression de toucher du doigt leur discrète avancée. Je les montrai à Hurlanc.

Il émit un petit cri inarticulé, posa sa tête sur mon épaule et dit d'une voix plaintive :

— Nous sommes pris au piège, le souffre-jour ne nous laissera plus sortir, il va falloir attendre.

Il était incapable de réagir. J'estimai nos

chances de gagner la porte. En étant suffisamment agiles et prudents, la tentative était raisonnable. Je hissai Hurlanc sur ses pieds :

— Non... non, articula-t-il.

Il ferma les yeux, la tête dodelinante. Que fallait-il faire ? En le prenant avec moi, je risquai de me *mêler* à une branche. Seul, peut-être, j'avais une chance de m'enfuir. Mais je ne pouvais pas abandonner Hurlanc. J'en étais à me demander s'il ne valait pas mieux attendre ici comme il le préconisait lorsque la porte s'ouvrit avec fracas. Trois hommes se tenaient dans l'encadrement de la porte, des élèves du collège à n'en pas douter, à peine âgés d'une vingtaine d'années. Ils tenaient dans leur main une rapière et nous regardaient avec une franche hostilité. J'essayai de me souvenir de mes deux agresseurs masqués. Etait-ce les mêmes hommes, accompagnés d'un nouveau complice ? Hurlanc avait ouvert les yeux et les regardait sans réagir.

Il m'agrippa la main et me força à me pencher jusqu'à son oreille :

— Prend Gorgielle, Agone, ils viennent pour toi, ils veulent te tuer, j'en suis sûr. Sûrement qu'ils te tiennent pour responsable de ce qui se passe. Il leur faut un bouc émissaire, tu dois te battre, Agone…

Il esquissa un geste vers le fourreau qui pendait le long de sa jambe. Je ne savais pas quelle attitude adopter. Les trois hommes n'étaient pas effrayés par le souffre-jour et s'avançaient en silence entre les branches, la bouche tordue par un rictus haineux. J'avais du mal à croire que de futures éminences grises cédassent ainsi à une vengeance aveugle mais leur regard m'interdit de spéculer plus longtemps. Je tirai Gorgielle de son fourreau.

Ma main se coula parfaitement dans sa garde et une voix s'éleva dans mon esprit : « Nous entrons en scène, mon garçon, tâche de ne pas me décevoir. J'aime à être maniée avec élégance. »

C'était une voix sucrée, voluptueuse. L'excitation du combat, cette présence intime d'une femme désincarnée me portèrent à l'avant des trois hommes avec une joie sordide, une joie *retrouvée*...

Les réflexes appris dans les Bas-quartiers coulaient dans mes veines comme un sang neuf et revigorant. Gorgielle frémissait sous mes doigts. Je la sentais puiser au tréfonds de mon passé pour y extraire le souvenir des combats dans les ruelles de Lorgol. Contrairement à Mélodène, elle *piétinait* sur son passage la morale préceptorale. Pareille à une vague rugissante, elle emportait jusqu'à ma conscience les pulsions assassines que Préceptorale avait cru enterrer à jamais.

L'un des hommes parvint en premier jusqu'à notre refuge. Les branches avaient laissé un espace ressemblant à un demi-cercle. J'avais l'avantage, dos au mur, tandis que mon adversaire allait devoir se battre avec les branches derrière lui. Hurlanc gisait toujours à mes pieds, la tête tombant sur sa poitrine. Toute retraite était coupée. S'élancer dans l'escalier aurait été une folie. Le souffre-jour en avait pris entièrement possession. La lanterne qui éclairait la pièce s'éteignit tout à coup. Je l'entendis distinctement se briser contre le sol. La nuit prit alors possession des lieux. Je perdais l'avantage. L'homme devint une ombre indistincte et fut bientôt rejoint par un second. Le dernier restait invisible. Nous étions à moins de deux mètres les uns des autres et je craignis un instant que tout eût été dit. Je n'avais aucune chance de leur résister dans ce noir d'encre. Sauf peut-être à croire que, comme l'autre nuit, mon protecteur ne se fasse connaître et ne me *prête* la vue d'un nyctalope.

Ce fut Gorgielle qui, de manière tout à fait inattendue, vint à mon secours. Mes deux adversaires avaient avancé d'un pas lorsque ma vision s'altéra brusquement. Au lieu de deux formes sombres, j'eus en face de moi les deux hommes tels que Gorgielle les percevait : un réseau complexe de veines qui scintillaient, une brillance féerique qui les rendaient aussi visibles que je l'étais à leurs yeux. Ils avaient dû lire d'ailleurs ma nouvelle assurance car ils se jetèrent sur moi sans attendre.

Les rapières se heurtèrent dans un bruit sourd et Gorgielle me fit ressentir son exaltation. La garde de la rapière devint une chair palpitante et chaude qui se fondit au bout de ma main comme un membre surnaturel. Je savais que Gorgielle jouait avec mon imagination mais mon esprit, relayé par son excitation, se mit tout entier au service du duel entamé. Les deux hommes ne s'attendaient pas à rencontrer pareille résistance. Gênés de surcroît par les branches, ils étaient incapables de se jeter à corps perdu dans le combat et se contentaient de me tenir en respect. Contrairement à eux, plus le combat durait, plus Gorgielle puisait profondément dans mes souvenirs et me rendait efficace. Mais elle voulait plus et criait déjà sa lassitude. J'avais l'impression de pouvoir *sentir* la peur de mes deux agresseurs. Au bout de quelques minutes, leur souffle se fit haletant et leurs assauts commencèrent à devenir maladroits. J'hésitai à prendre l'initiative. Leur complice avait disparu et je craignais une mauvaise surprise. Gorgielle, pourtant, ne me laissa pas le choix. Tendue à l'extrême, elle me précipita de toute sa force psychique contre les deux hommes. L'un d'eux, surpris, recula et son visage se figea. Une branche surgit au beau milieu de sa poitrine et il laissa tomber sa rapière. Gorgielle ne reconnut pas cet aveu, ce signe de reddition, et elle le transperça violemment. Au creux de ma main, la garde expurgea un plaisir quasi amoureux. L'autre s'enfuit sans se retourner. Il s'engouffra sous les branches et disparut par la porte.

Gorgielle était dépitée et s'agitait furieusement dans ma main. L'homme empalé sur la branche était mort. Une curiosité sordide me fit me pencher sur la branche qui dépassait de sa poitrine. Il n'y avait pas de blessure et l'homme n'avait montré aucun signe de souffrance lorsqu'elle l'avait transpercé, uniquement de la surprise. Je cherchai le troisième larron mais le pavillon était vide, en apparence. Gorgielle se détendit peu à peu dans ma main et redevint une rapière sans âme.

Et la douleur explosa dans mon crâne. Je m'écroulai sur le sol, les larmes aux yeux. J'avais la sensation d'abriter unc bataille féroce et impitoyable entre mes souvenirs de Lorgol et ceux de Préceptorale. Je vis le visage de l'un de mes professeurs se transformer en grimace et devenir celui d'un moribond aux yeux d'assassin, je croisai un voleur crasseux me poursuivant de ses réflexions philosophiques...

Combien de temps restai-je ainsi, la tête dans la main, à genoux près de Hurlanc ? Lentement, la tempête s'apaisa et je retrouvai mes esprits. La douleur restait mais je me remis debout tant bien que mal. Gorgielle gisait, inerte, près de Hurlanc qui ne disait plus rien. Et pour cause.

Les branches de l'escalier étaient parvenues jusqu'en bas et l'une d'entre elles disparaissait sous les cheveux de Hurlanc. Horrifié, j'écartai quelques mèches d'une main tremblante. Le souffre-jour s'était frayé un chemin au travers de l'œil gauche de Hurlanc. J'étais incapable de réagir, dépassé par les événements.

Je m'assis doucement près de Hurlanc et je murmurai son prénom.

— Je t'entends, mon garçon, dit-il d'une voix sourde.

— Tu souffres ?

— Non, mais je ne peux plus bouger, tu peux comprendre pourquoi.

Je promenai mon regard sur le pavillon et je m'attardai sur le mort. Je n'arrivais pas à accepter l'idée que ces gens aient cédé seulement à la panique. Leur intrusion était préméditée, j'en étais persuadé. Que pouvaient-ils bien me vouloir ? Un élève jaloux, un professeur rancunier ?

Je me tournai vers Hurlanc :

— On ne peut pas attendre ici. Les branches vont finir par me capturer moi aussi et nous serons à la merci de n'importe qui.

— Ils ne reviendront pas, tu sais. Mais tu as raison pour une chose. Pars pendant qu'il est encore temps. Le souffre-jour ne me veut pas de mal. Il obéit à Diurne et se fait l'écho de son tourment. Je ne risque pas grand-chose si les Psycholunes parviennent à le raisonner.

Une pensée me taraudait. Que faisaient les Psycholunes ? Ne fallait-il pas intervenir ?

— Hurlanc, pourquoi n'irai-je pas voir Diurne, peut-être écoutera-t-il plus facilement un inconnu ? Préceptorale m'a inculqué certaines valeurs. Il pourrait y être sensible...

— Jamais ! Diurne est une crapule ! Tu ne le détestes donc pas ! Il menace ton enseignement et tu penses encore à l'aider ! Faut-il que tu cèdes à une sensiblerie de pacotille ?

Tout en disant cela, sa bouche se tordait comme si les mots ne lui appartenaient plus. Qu'essayait-il de me dire ? Pourquoi aurais-je détesté Diurne ? Si, précisément, je tenais à cet enseignement, il fallait entreprendre l'impossible pour raisonner l'enfant-homme. La branche avait-elle aussi transpercé son esprit ?

Il mit brusquement ses deux mains à mon cou, son œil droit fixé sur moi avec une terrible intensité, et dit :

— Diurne est un monstre d'égoïsme, Agone. Il nous hait. Il cherche à nous détruire.

Je ne l'écoutais plus. Il était fou, et ses divagations n'avaient aucun sens. Je desserrai son étreinte autour de mon cou. Il ne résista pas, reposant ses mains sur le sol comme des poids morts.

— Je vais aller voir Diurne, déclarai-je.

J'avais une féroce envie d'agir mais était-ce la bonne solution ? Les Psycholunes avaient l'expérience des amours déçus de Diurne. Ils avaient eu tout le temps de jauger ses sentiments et de connaître les mots pour le rassurer. Seulement, j'avais trahi Préceptorale pour le collège. S'il disparaissait, j'étais un orphelin et un traître. Hurlanc et Mélodène m'avaient laissé entrevoir un avenir *extraordinaire*. Je ne pouvais pas y renoncer maintenant. Je me levai sous le regard inquisiteur de Hurlanc. Ma décision était prise et il le sentait bien. Je ne comprenais pas ses raisons. Que redoutait-il de cette entrevue ? De me perdre ?

— Prends Gorgielle, dit-il alors que je m'apprêtais à m'engouffrer sous les branches.

Il me tendit l'arme et à le voir pointer la rapière vers moi, je crus un instant qu'il voulait me tuer. Mais son visage paraissait apaisé et je la pris.

— On ne sait jamais, conclut-il.

Je ne répondis pas et rejoignis la porte du pavillon sur mes gardes.

La rue était presque vide. Quelques rares silhouettes couraient ici et là, hurlant des ordres qui se perdaient dans le vent. L'atmosphère augurait un drame. Les gens que je croisais gardaient la tête baissée, l'air résigné. Même les professeurs avaient perdu leur calme apparent et semblaient nerveux. On se contentait de survivre et d'échapper aux souffre-jours qui continuaient invariablement d'avancer. Certaines tentes avaient été entièrement recouvertes par les branches qui formaient comme des barreaux de prison. Quant aux pavillons, ils disparaissaient presque complètement. Pourtant, malgré cette expansion désordonnée des souffre-jours, la luminosité n'avait pas changé outre mesure. La pénombre restait la même.

J'avançais le long des places vers la tour de Diurne. Lorsque le Pensoir apparut, il n'y avait plus personne devant moi, mais les regards pesaient dans mon dos. On devait s'interroger sur ma démarche. J'étais prêt à faire volte-face si certains me tenaient encore pour responsable de ces événements.

Le Pensoir n'avait pas été victime des souffre-jours. Quelques branches du pavillon voisin se contentaient d'effleurer ses murs. La tour, elle, était invisible, car les branches formaient comme un mur opaque et impénétrable. Contrairement à celles des pavillons, elles s'élançaient vers le ciel, comme des flammes, se refermant sur la tour. L'arbre ressemblait à une gigantesque torche noire. J'ignorais de quelle façon je pourrais monter et m'introduire dans la tour. Je m'approchai du tronc. En levant les yeux, je constatai que les branches s'étaient refermées comme les pétales d'une fleur et empêchaient que l'on distingue quoi que soit. Je fis le tour du tronc. Derrière, la falaise commençait à quelques mètres. Un peu plus loin, la clarté du soleil était bien visible, éclatante et sereine. Un détail, cependant, attira mon attention. Sur le tronc, quelques branches basses n'avaient pas rejoint leurs consœurs, ce qui permettait que l'on s'y hisse. Etait-ce une voie, un chemin tout tracé ? Plus haut, les branches laissaient entrevoir un trou suffisamment large pour s'y glisser. Les Psycholunes avaient dû emprunter ce passage. Je n'hésitai pas et m'arc-boutai aux branches pour escalader le tronc. En les empoignant, je renouai avec les impressions de vie qui m'avaient frappé dans le pavillon de Hurlanc. Les branches *vibraient* et je crus bien voir l'une d'entre elles se baisser légèrement pour me rendre la tâche plus facile. J'étais arrivé au niveau du trou, à une dizaine de mètres de hauteur. Je glissais un œil à l'intérieur. On se serait cru dans une cabane d'enfant, refuge merveilleux et tranquille. Devant moi, je discernais à peine la blancheur des pierres de la tour. Je me glissai dans le trou.

Entre les murs de la tour et les branches, il n'y avait qu'un petit espace pentu et j'avançai en équilibre, cherchant une ouverture. Je n'avais jamais imaginé que cette tour fût aussi grande. Le tronc qui la soutenait était énorme, d'un diamètre supérieur à cinq mètres. De toute façon, les fondations de la tour devaient s'amalgamer au tronc et assuraient ainsi l'équilibre de l'édifice.

Je découvris bientôt une petite porte. C'était plutôt une grille en fer forgé dont les barreaux composaient une représentation imagée du Souffre-jour. Derrière, l'obscurité m'empêchait de distinguer la pièce. La grille n'était pas fermée et je posai un pied dans la tour. Le silence, sépulcral, commençait à m'effrayer. J'avais imaginé un Diurne éploré, entouré de Psycholunes empressés. Mais aucun bruit ne me parvenait. A tâtons, je me déplaçai le long de la pièce. Je mis la main sur une torchère, en extrayais la torche. La lumière jaillit. C'était une pièce ronde et étroite pour un homme. Les murs, d'une blancheur éclatante, étaient tous gribouillés, recouverts de dessins. Des portraits de femmes, toutes hideuses, comme si leur auteur s'était employé à les rendre terrifiantes : des bouches tordues, des nez difformes, des regards de haine. Du doigt, je constatai qu'ils avaient été réalisés au fusain. Un malaise grandissant s'empara de mon esprit. Un escalier de pierre permettait d'accéder à l'étage supérieur. Je l'empruntai rapidement, ne pensant qu'à fuir cette pièce sordide.

L'escalier menait à une seconde pièce identique. Les murs s'ornaient de la même façon de portraits de femmes. Mais l'artiste avait choisi de redonner leur beauté à ces femmes, de les sublimer. Le style était identique mais toutes resplendissaient. Les traits gras du fusain avaient su restituer des visages enivrants, des regards tendres, des bouches aimantes. Le malaise se dissipa comme par enchantement. Je tournai sur moi-même, goûtant à cette beauté en noir et blanc lorsqu'un murmure se fit entendre au-dessus de moi. J'éteignis ma torche. Un escalier montait à l'étage et je l'empruntai pas à pas, le plus silencieusement possible.

Il n'y avait aucune lumière et, lorsque ma tête émergea à hauteur du plancher, je ne distinguai presque rien. Je devinai seulement des formes. Je comptai trois personnes dont l'une, plus blanche que les autres, me fit immédiatement penser à un Psycholune.

Ce dernier d'ailleurs se retourna brusquement et cria d'une voix impérieuse :

— Que faites-vous ici ?

Je reconnus le Psycholune qui m'avait accueilli au Pensoir. Je pénétrai franchement dans la pièce et une chandelle s'éclaira dans un coin de la pièce. Derrière, un garçon me regardait.

Diurne...

Il ne ressemblait à rien de connu. Il était assis et je ne pouvais m'en faire une idée précise mais son visage parlait suffisamment pour lui. On ne retenait d'abord que les sourcils blancs, tombant jusqu'en dessous de ses yeux, comme les rideaux d'une fenêtre. Seul l'œil droit était visible, les poils des sourcils retenus au coin de l'œil par un petit ruban. Un œil gris et étincelant, auréolé de petites étincelles noires, qui me dévisageait placidement. Le front était haut et les cheveux tombaient dans son dos. Le nez et la bouche étaient réduits à leur plus simple expression, me rappelant le masque d'Arlequin : deux traits fins et subtils comme si le visage, renonçant à s'en débarrasser, les avait affinés pour qu'ils ne desservent pas les yeux extraordinaires de l'enfant-homme. Je l'avais imaginé sans âge mais il paraissait avoir seize ou dix-sept ans.

Hurlanc m'avait laissé entendre que le collège existait au moins depuis trente ans...

Je m'arrachai à la profondeur du regard de Diurne et découvris une femme à ses côtés. Elle se tenait recroquevillée sur un fauteuil, la tête nichée sur ses genoux. Ses yeux étaient rougis par les larmes et glissaient sur moi comme si je n'existais pas. Elle portait l'habit des élèves du collège. Je ne doutai pas un seul instant qu'elle fut la femme que Diurne désirait tant.

Le Psycholune roula des yeux paniqués et me pointa du doigt :

— De quel droit pénétrez-vous ici, Agone ? hurla-t-il.

Diurne sourit et la jeune femme me regarda sans bouger.

— Vous n'êtes pas à votre place, continua de hurler le Psycholune. Redescendez et rejoignez vos camarades !

Le mot m'amusa. Des camarades... Je n'avais pas d'amis dans le collège, seulement des tuteurs de l'étrange. La déconfiture du Psycholune m'amusait. Le sourire bienveillant de Diurne me donnait du courage et je restai immobile, attendant qu'il veuille bien intervenir. Je savais pertinemment qu'il commanderait à la suite des événements. S'il désirait que je reste, je gagnerais un sursis. Dans le cas contraire, il me resterait l'illusion d'avoir tenté quelque chose. Un sentiment nouveau s'empara de moi. Je ne pensais plus en terme d'amitié ou de respect mais *d'avantage*. Un opportunisme forcené me dictait ma conduite. Si j'étais l'homme ayant ramené Diurne à la raison, je devenais un élève à part et le collège tout entier m'en serait redevable... Je laissai fleurir un sourire moqueur au coin de mes lèvres. Le Psycholune s'avança vers moi.

— Assez, Elios, laissez ce jeune homme se joindre à nous, intervint Diurne.

Le Psycholune se pétrifia sur place. Il regarda Diurne avec le visage d'un homme trahi et il leva brusquement les bras au ciel :

— Eh bien d'accord ! Au point où nous en sommes..., répliqua-t-il d'une voix grinçante, et il se laissa tomber sur une chaise et croisa les bras, me fixant avec un air de défi.

— Venez près de moi, Agone.

Diurne m'indiqua un fauteuil près du sien. La chandelle qu'il tenait à la main éclairait suffisamment la pièce pour en prendre la mesure. Elle était ronde, naturellement, et occupée pour moitié par trois grands fauteuils. Un lit fort simple complétait le mobilier. Les murs étaient nus. Je m'assis à côté de Diurne. Ses mains étaient longues, d'une pâleur cadavérique. Celle qui tenait la chandelle était couverte de cire mais il ne semblait pas en souffrir.

— Me direz-vous ce que vous êtes venu chercher ? me souffla-t-il.

— Une réponse, Diurne.

— Une réponse ?

— J'ai renoncé pour vous à mes idées, à plusieurs années d'efforts et…

— Je sais tout ça, Agone, m'interrompit-il en agitant sa main libre. Venez-en à l'essentiel.

— Je veux apprendre. Je veux que le collège vive, qu'il m'assure ce pourquoi j'ai renoncé à Préceptorale.

— Comme les autres, Agone. Vous n'inventez rien. Vous êtes, j'ai cru le comprendre, un élève prometteur mais, à leur mesure, les autres élèves ont les mêmes exigences et les mêmes appréhensions que vous.

Pour un garçon si jeune, il ne manquait pas d'assurance. Il s'exprimait avec la voix d'un adulte et ne cillait pas lorsque je plongeais mon regard dans le sien.

— Pourquoi renoncez-vous au collège pour une femme, Diurne ?

J'étais décidé à l'ébranler. Le Psycholune n'avait peut-être pas les moyens d'être aussi franc.

— Vous m'amusez, Agone. Vous surgissez avec une telle arrogance ! Mais je connais votre dessein. Tous, ici, nous l'aurons compris. Vous pensez qu'Elios a épuisé son discours pédagogue, qu'il ne trouve plus les formules attendrissantes qui me pousseront à sauver votre petit monde.

— C'est aussi le vôtre !

— Oui, c'est exact. Mais ne croyez pas que je puisse y adhérer. Je le supporte, voilà tout.

Il posa la chandelle sur une table et joignit les deux mains.

— Je crains que vous ne perdiez votre temps, Agone. Vos arguments, si proches de moi soient-ils, n'y feront rien. Je ne veux plus être l'instrument de vos mensonges. Vous êtes sans doute ce que le Souffre-jour peut abriter de pire. Les arbres vous respectent, vous avez conservé quelques belles idées de Préceptorale. Mais elles vont être rapidement phagocytées pour devenir les fondations de votre perversité. Je le sais déjà. Vous ferez une très grande éminence, à n'en pas douter. Hurlanc et Mélodène l'ont compris. Je veux l'innocence, Agone. (Il me montra la jeune femme.) Frambe, elle, me prêtera la sienne ou il n'y aura plus de collège du Souffre-jour.

— L'innocence ?

— Une vertu que je cherche à tout prix. Donnez-la moi, trouvez-la et je vous rendrai le collège…

— Vous la croyez innocente ? dis-je en montrant Frambe.

— Elle l'est, oui.

— Et moi ?

— …

— Pourtant, je viens vers vous sans déguisement, uniquement dans l'espoir d'être celui qui vous ramènera dans la rue. Je sers ma réputation. N'est-ce pas une autre forme d'innocence ? J'aurais pu venir à vous avec le sourire d'un ami, d'un confident…

— Vous confondez franchise et innocence. Frambe ne pense pas pour elle. Elle aurait pu me céder et devenir ma protégée. Son prestige lui aurait offert les meilleurs professeurs. Mais elle est restée fidèle à celui qu'elle aimait. Son innocence est criante.

Notre conversation glissait dangereusement. La duplicité enseignée au Souffre-jour était le véritable problème. Diurne cherchait autre chose, une sorte de simplicité bon enfant qui lui ferait croire qu'il ne justifiait pas totalement cette duplicité. Son rôle le dégoûtait. Il ne voulait plus être l'instigateur de toutes ces éminences qui parcouraient le royaume en manipulant les grands à leur guise. Sa conscience révoltée lui faisait dire qu'il était responsable des mensonges des éminences, qu'il leur donnait tacitement sa bénédiction. Je savais maintenant comment l'ébranler. Les Psycholunes avaient beau lire les Cahiers gris, ils n'avaient jamais touché du doigt les vrais réalités du royaume.

— Diurne, avez-vous jamais quitté le Souffre-jour ?

A l'évidence, ma question le gêna. Il frotta ses mains l'une contre l'autre.

— Non, vous le savez bien. Je ne peux pas quitter le collège. Il courrait à sa perte si je partais. Les arbres n'obéissent qu'à moi.

— Le royaume est mourant. Les guerres sont devenues notre lot quotidien. Des innocents périssent chaque jour, victimes des rêves de puissance de vieux barons séniles. Les éminences, *vos* éminences s'efforcent d'insuffler une sagesse à ce royaume. De lui rappeler quelques règles élémentaires pour qu'il puisse assurer sa pérennité. Une idée, je crois, vous agace sans cesse : vous vous croyez responsable du mensonge et de la tromperie enseignés au Souffre-jour. Mais les éminences sont les instruments de l'innocence. Les villages, les villes attendent depuis longtemps que le royaume retrouve son unité. Les mages ont bien essayé mais les barons s'en méfient comme de la peste.

Je jetai un œil au Psycholune. Il avait les yeux écarquillés et semblait me dire « continuez, continuez... »

— Diurne, poursuivis-je, vous servez, au prix de l'intrigue, l'unité du royaume. Demain, si les barons oublient leurs querelles, nous pourrons enfin penser à la paix grâce aux éminences.

En mon for intérieur, je n'en croyais pas un mot. Mais Diurne ignorait tout des enjeux au sein du royaume. Les éminences ne sauraient jamais faire taire les guerres entre barons. Sauf si les Psycholunes choisissaient de leur faire prendre le pouvoir dans toutes les baronnies où elles avaient su s'imposer. Les paroles d'Arlequin me revinrent en mémoire : « Ils sont nos vrais maîtres », disait-il.

Diurne faiblissait. Il avait laissé retomber ses longs sourcils sur son œil droit et je ne voyais plus ses yeux. Il se massait les tempes, l'air de réfléchir profondément. Frambe ne bougeait pas. Elle nous observait toujours en silence mais je sentis qu'elle respirait plus lentement, plus calmement.

Sans lever la tête, Diurne dit :

— Je suis sensible à vos arguments, Agone, bien que je soupçonne que vous ne disiez pas l'exacte vérité. Mais je n'ai pas le choix. Ce que vous dites reste *possible*. A ce prix-là, je devrais vous céder. Mais à une condition, Agone. Promettez-moi que chaque jour passé à l'extérieur du Souffre-jour, vous œuvrerez pour cette unité du royaume.

Je ris doucement à cette pensée. Aujourd'hui, mentir ne me causait plus d'état d'âme. Hier encore, j'aurais donné ma vie à une promesse aussi solennelle. Mais j'étais une éminence grise. A ce titre, le mensonge était une nécessité.

— Je vous le promets, Diurne.

Il hocha la tête.

— Agone, votre bras, je vous prie. Nous allons descendre et faire revivre ce collège. Elios, restez derrière moi. Et vous, Frambe, faites comme bon vous semble.

Elle vint se placer près d'Elios. Et Diurne accroché à mon bras, nous descendîmes. En franchissant la grille, je vis que les branches de l'arbre s'étaient ouvertes et que les plus basses avaient composé un escalier sommaire. Elèves et professeurs avaient dû remarquer leur déploiement et ils se massaient déjà au bout de la rue.

Notre apparition déclencha une volée de cris enthousiastes. Les chapeaux volèrent dans le ciel. Ceux qui, dans les tentes, étaient prisonniers de leur souffre-jour, criaient aussi et le concert s'enfla pour devenir une cacophonie joyeuse et assourdissante. Parvenu en bas de l'escalier improvisé, Diurne leva les mains. Le silence se fit.

— Mes amis, écoutez-moi. Je vous ai abandonnés et je vous demande de me pardonner. Le Souffre-jour a un rôle primordial à jouer. Vous êtes l'espoir du royaume.

Elios, qui s'était approché de moi, me murmura à l'oreille :

— Malin, Agone. Vous avez eu de la chance.

Depuis votre arrivée, je trouve que le hasard des circonstances fait bien les choses. Avec quelques bonnes paroles, vous avez ramené Diurne, soit. Mais je ne vous laisserai pas faire. Vous n'en ferez pas votre ami. D'autres ont essayé avant vous. Et ils ont tous bien compris que les seuls confidents de Diurne sont et seront les Psycholunes !

Il me jeta un regard noir, et recula derrière Diurne. Le message était clair. Mais Agone de Préceptorale était mort. Et Elios ne m'effrayait pas. Je savais à quoi m'attendre avec un Psycholune. Je devais, par tous les moyens, concrétiser cette emprise sur l'enfant-homme. Elle deviendrait une arme sans doute très efficace pour faire plier élèves et professeurs au moindre problème. Je souris franchement...

— Et je vais de ce pas redonner à *notre* collège son vrai visage, conclut Diurne.

Entouré par la foule, il s'avança devant le premier pavillon. Sous ses paupières, des étincelles jaillirent et les branches se rétractèrent une à une, obéissant à leur maître. En quelques minutes, le pavillon avait retrouvé ses murs et les branches n'étaient visibles qu'au-dessus du toit. Toujours suspendu à mon bras, Diurne s'arrêta ainsi devant tous les pavillons, et à chaque fois, le voile de ses paupières tressautait et laissait passer de petites étincelles noires. Petit à petit, la cohue diminua. Les professeurs réintégraient les lieux, poussant devant eux des élèves euphoriques. Diurne me dit, sur un ton doucereux :

— C'est un des rares moments où tous les habitants communient ensemble. Gardez-le en mémoire, Agone.

Même devant le pavillon de Hurlanc, je n'osai lâcher son bras. En tout état de cause, Hurlanc avait dû être libéré de la branche. Lorsque Diurne eut fini de tailler les arbres, il lâcha mon bras et nous regarda tous les trois, Elios, Frambe et moi.

— Je vous remercie. Je vais retourner dans ma tour. Elios, venez me voir demain.

Il n'ajouta rien. J'enrageais intérieurement. Je n'avais pas gagné sa confiance. Devais-je insister ? Les yeux d'Elios m'en dissuadèrent. Je remontai la rue avec Diurne et Elios et les saluai devant l'école des Taciturnes. Diurne me tendit sa main. Je la serrai avec le plus de sincérité possible, arborant une mine triste. Il fallait que j'atteigne son cœur. Il ne dit rien et s'éloigna avec le Psycholune. Ce dernier me gratifia d'un large sourire et d'un clin d'œil sardonique. Je haussai les épaules et pénétrai dans le pavillon de Hurlanc.

Il était assis sur les marches de l'escalier, les yeux dans le vide. La branche n'avait laissé aucune trace.

— Alors ? Tu a réussi, n'est-ce pas ? C'est toi qui a convaincu Diurne ?

— Oui.

— Tant mieux.

Il avait l'air si peu sûr de lui en disant cela que son étrange conduite me revint en mémoire. Pourquoi, lorsque je l'avais abandonné, avait-il voulu me dresser contre Diurne ? En voulait-il à l'enfant-homme ?

— Nous allons pouvoir continuer ton enseignement, ajouta-t-il. Mais, pour l'instant, je veux rester seul. Retourne à la pension, et reviens me voir demain. Nous commencerons sérieusement à dessiner ta rapière. Nous pourrions envisagez un accouchement dans les semaines à venir. Va, maintenant.

J'obéis et regagnai la pension d'Arlequin. Il était sur le pas de la porte et m'accueillit les bras ouverts.

— Jolie démonstration, Agone ! Vous pouvez vous vanter d'avoir fait votre effet. On murmure votre nom dans tout le collège. Que diable avez-vous raconté à Diurne ?

Ce maudit personnage essayait d'en savoir plus.

— Je lui ai assené quelques vérités. Les Psycholunes ont fini par perdre le sens des réalités.

— Bien, bien. Il manquait quelqu'un pour leur faire la leçon, dit-il plus bas. Mais attention, mon garçon, ils n'oublieront pas… De toute façon, depuis que vous avez choisi Hurlanc, ils ne vous portent pas dans leur cœur.

Sur ces mots, il s'éclipsa rapidement et je montai dans ma chambre. En regardant dans la rue, je vis des gens discutant âprement sur le pas des portes et, certains, à plusieurs reprises, pointèrent leur doigt vers ma chambre. Je fis coulisser le disque de fer et m'allongeai.

Une foule de questions se pressait dans ma tête, et en particulier l'unique et vraie, celle de savoir ce que j'étais en train de devenir. Le Souffre-jour ne se contentait plus d'éduquer mon cynisme. Je prenais moi-même les devants. Père triomphait. Savait-il mon éducation préceptorale si fragile ? Ou était-ce l'influence du collège qui était venue à bout de ma *bonté* chèrement payée dans les isoloirs de mon ancienne école ?

Désormais, j'étais résolu à faire table rase du passé et à reconstruire l'Agone des Bas-quartiers. Pareil à un nouveau-né, je goûtais à chaque sentiment retrouvé. Gorgielle m'avait aidé. Notre moment d'intimité, dans le pavillon de Hurlanc, avait achevé l'Agone promis à l'Itinérance. J'étais prêt à suivre les étranges enseignements de Hurlanc et Mélodène. Mais qu'avait voulu dire

Arlequin à propos de Hurlanc ? Se pouvait-il qu'il en veuille à Diurne, l'homme qui, précisément, le protégeait par le biais des souffre-jours ?

La nuit tombait. Je constatai avec bonheur que je voyais encore les objets dans la pièce comme par une nuit sans lune. Le Souffre-jour m'imprégnait donc chaque heure un peu plus. Je m'endormis, le sourire aux lèvres, impatient d'apprendre auprès de mes deux professeurs.

VI

Un mois avait passé. Le Souffre-jour avait fini par m'adopter complètement. Mes yeux viraient au gris et mes cheveux, presque blancs, tombaient déjà au-dessous des coudes. Un problème demeurait. Avec de tels signes distinctifs, le métier d'éminence devait être difficile. Il n'était guère aisé de passer inaperçu avec des cheveux blancs et un teint maladif comme le nôtre.

Chaque matin, je retrouvais Mélodène dans son pavillon. Les premiers jours, il ne fut question que de solfège. Mélodène voulait faire de moi un véritable musicien. Il affinait patiemment ma sensibilité musicale, jouant de tous les instruments pour m'amener à la cistre.

L'instrument était difficile. C'était un instrument à cordes et je n'avais, à mon répertoire, que quelques chansonnettes populaires aux accords très simples. Les matinées passaient très vite. Petit à petit, je maîtrisais l'instrument et commençais à jouer des partitions plus complexes. Mais il n'était pas encore question d'Accord. Mélodène se contentait d'être un professeur de musique, éludant systématiquement mes questions sur l'Accord. Je finis par me plier au jeu. Il était d'une infinie patience, toujours très calme et je le quittais souvent à regret.

Au bout de vingt-cinq jours, enfin, il consentit à aborder le sujet :

— Je veux que tu comprennes avant tout ce que ce signifie être un Accordé. Nous sommes une *famille*. A ce titre, tu devras protéger les tiens au mépris du reste. Lorsque tu seras accordé à ton instrument, tu percevras les choses différemment. Les tiens seront toujours un signe d'enrichissement. Tu pourras apprendre de nouveaux accords, de nouvelles partitions et ton art, à chaque fois, rebondira pour explorer de nouvelles voies. L'Accord est en permanence en mouvement. La musique est infinie à l'échelle humaine. Toutefois, les musiciens qui ne sont pas Accordés ne t'apporteront pas grand-chose, sauf peut-être en technicité. L'Accord est affaire de sentiment, de sensibilité. A vivre avec ton instrument, tu isoleras rapidement les constructions musicales les plus efficaces. Tu te dis que le virtuose fait le meilleur Accordé. Il faudrait nuancer. Certaines mélodies, d'une extrême simplicité, peuvent produire de très grands effets. Chaque Accordé de la cistre a, de toute façon, son propre style, ses propres compositions. Au départ, tu tâtonneras, tu feras beaucoup d'erreurs. Et puis, au fur et à mesure, tu discerneras des possibilités, des notes plus porteuses que d'autres. A ce moment, tu seras prêt à composer, pas avant. Je reviendrai sur la composition plus tard.

J'ai déjà évoqué les conflits entre les différentes familles d'instruments. Seuls les Accordés du clavecin posent véritablement problème. Heureusement, l'instrument est encombrant et il est facile de les démasquer lorsqu'ils menacent de jouer. Ne les écoute jamais, pars ou empêche-les de jouer. Leurs mélodies sont d'une efficacité redoutable. Ils puisent dans les parties les plus intimes de nos âmes, et ils en extraient le plus vil. Je t'en parle précisément parce que j'ai survécu à un duel entre ma cistre et un clavecin. Nous avons joué toute une nuit sans jamais nous arrêter, dans une petite auberge. Les spectateurs, qui ne savaient pas ce qui était en jeu, sont partis se coucher et nous avons continué. Nous savions tous deux que le premier qui s'arrêterait serait terrassé par l'autre. La cistre ne peut gagner à ce jeu là. Les cordes blessent plus vite que les touches d'un clavecin. Et lui pouvait tenir sa note plus longtemps. J'ai cédé, à l'aube, et mon esprit en garde encore les séquelles.

Ses yeux, ailleurs, semblaient revoir la scène et son visage se contracta. C'était la première fois que je le voyais perdre son calme. Il serrait les poings comme un forcené et je dus le secouer rudement avant qu'il ne reprenne ses esprits.

— Il a réveillé quelque chose en moi. Depuis cette nuit-là, ce fantasme me poursuit sans cesse.

Sous son emprise, j'ai commis des actes odieux. En me réfugiant au Souffre-jour, j'ai échappé à son emprise. Mais il n'est pas mort... Oublions tout ça. Revenons à ta famille un instant. La cistre est dispersée dans tout le royaume. Nous n'entretenons pas de correspondance forcée. Si tu te découvres des affinités particulières, rien ne t'en empêche, bien sûr. Ton seul devoir, pourrais-je dire, sera de venir en aide, quoi que tu sois en train de faire, à un membre de notre famille. Nous avons quelques morceaux bien choisis pour appeler ainsi un frère ou une sœur au secours. Je te les apprendrai. Ils ont déjà sauvé plusieurs d'entre nous.

Tout au long de la matinée, il me conta l'histoire de notre famille, de *ma* famille. Beaucoup d'Accordés, paradoxalement, avaient choisi la cité. On y jouait moins souvent mais l'exercice de notre art trouvait largement de quoi se satisfaire. Personne ou presque ne connaissait notre existence en dehors des autres familles et des mages. Ceux-là ne nous aimaient guère. Seuls les Eclipsistes entretenaient parfois des relations avec l'un des nôtres. Le hasard, décidément, faisait bien les choses. Le Psycholune n'avait pas tort...

La cistre comptait toutefois une minorité de troubadours, des « pieds-poudreux » qui utilisaient l'Accord avec parcimonie, s'en servant uniquement en cas d'extrême nécessité. Je pris conscience que Mélodène et moi étions à part dans cette famille. Nous étions les seuls à mettre explicitement l'Accord au service d'une fin. Certains Accordés ne jouaient pratiquement pas et ne sortaient leurs instruments que pour des raisons bien particulières. En bref, me résuma Mélodène, il me fallait dorénavant être très prudent. Je ne pouvais pas jouer de la cistre à tout vent, et me servir de l'Accord comme l'on sort une rapière de son fourreau... C'était à moi de juger des meilleurs moments pour influencer les esprits avec la musique et ce, dans des conditions que l'on ne soupçonne pas.

— Attention aussi, et tu le comprendras bien assez tôt, rajouta Mélodène d'une voix basse, l'Accord a ses revers. Le plus grand danger viendra de l'autre, de son esprit. En manipulant le fantasme, tu risques à tout moment d'en devenir le prisonnier. La vigilance est requise à chaque instant. Une seconde d'inattention et tu t'endormiras sur ton instrument, rejouant indéfiniment ta partition et ce, jusqu'à ce que tes doigts s'usent sur les cordes. Insensible à la douleur, tu ne sentiras pas le sang poisser tes cordes avant qu'un doigt ne glisse, et puis un autre. Tes mains ensanglantées finiront pas ne plus pouvoir jouer tandis que ton esprit restera prisonnier. Tu finiras comme certains d'entre nous, dans un sommeil sans rêve, condamné à ne jamais te réveiller. La cistre de ces gens-là, cela vaut pour les autres instruments de l'Accord, est très recherchée. En laissant le sang sécher sur les cordes, l'instrument, bien qu'il soit plus difficile à manier, sert ton art et démultiplie ton talent. Moi-même, je possède la cistre d'un tel homme.

Il me la montra. Il ne restait sur les cordes que des traces à peine visibles à l'œil mais, au toucher, on pouvait sentir ici et là d'infimes petits reliefs.

— Parlons du plus important, Agone. Tu as dû souvent te poser la question : comment manipule-t-on la mémoire, comment cela peut-il bien se passer ? La réponse est beaucoup plus simple que tu ne le crois.

Lorsque tu joues, admettons, une partition fort simple, ton esprit s'échappe et pénètre dans celui de l'autre. (Il s'exécuta devant moi, pinçant les cordes avec délicatesse.) A ce moment, à tes débuts du moins, tu seras entouré d'une cacophonie grinçante et informe. Les sons vont déferler et tu seras incapable de discerner quoi que soit. Par contre, au fur et à mesure que tu domineras ton instrument et tes morceaux, ceux-ci te permettront de faire disparaître tous ces parasites qui t'empêchent d'entendre les sons de la mémoire. L'Accord, pour caricaturer, purifie les bruits innombrables qui se répercutent dans l'esprit de l'autre. Imagine une salle gigantesque, remplie d'une multitude d'instruments où les mélodies rebondissent sans cesse, produisant des échos infinis. A cet instant, tu es bien incapable de comprendre un seul d'entre eux. L'Accord intervient à ce moment. Dans cette salle, il apaise les instruments déchaînés qui se taisent un à un. Une fois le silence venu, tu peux alors *interroger* chaque instrument, tout à tour, pour faire entendre sa « voix ».

Vois-tu ce que je veux dire ? Tous ces instruments sont les souvenirs et les fantasmes de l'autre. J'ai imagé à outrance mais tu auras saisi. La mémoire de l'autre retranscrit, par le biais de l'Accord, le souvenir sous la forme d'un son. Plus tu joues bien, plus tu seras à même de faire respecter le silence dans l'esprit de l'autre. De cette manière, tu pourras *écouter* distinctement chaque souvenir afin de savoir lequel tu vas utiliser.

Tu feras très vite la différence entre les bruits. L'Accord transcrit au mieux le souvenir. Cela ne veut pas dire, par exemple, que plus le bruit est fort, plus le souvenir l'est. Non, l'Accord traduit le souvenir dans sa complexité. C'est pour ça que les jeunes Accordés ne peuvent écouter les souvenirs essentiels. Comme ils ne sont pas à même de faire taire absolument la cacophonie, ils ne peuvent entendre les subtilités sonores des souvenirs les plus importants. Un jeune Accordé comme toi jouera sur des fantasmes grossiers, pourrais-je dire. L'Accord les traduit par de petites musiques forts simples dont tu auras tôt fait de saisir la structure. La suite est un jeu d'enfant. Tu manipuleras le fantasme ou le souvenir à ta guise. Le faire surgir, l'attiser, l'effacer, tout est bon pour jouer avec l'esprit de l'autre.

J'écoutais Mélodène avec délectation. Je brûlais d'impatience de commencer à jouer, d'entendre tous ces sons de l'esprit. Lorsque vint la fin du mois, j'en savais assez, à son goût, pour commencer.

Entre-temps, j'avais, comme convenu, passé tous mes après-midi auprès de Hurlanc. Il avait changé depuis la nuit où Diurne était réapparu. Il avait perdu son sourire et son visage s'était creusé, accusant une fatigue dont j'étais incapable de déceler l'origine. Nous passâmes sous silence l'étrange conduite qu'il avait eue l'autre nuit. J'évitais, comme lui, de parler de Diurne ou des Psycholunes. Nos après-midi étaient uniquement consacrés au travail sur la rapière et aux passes d'armes.

J'avais abandonné mon idée première. Au début, nos travaux, sur ma demande, s'étaient orientés sur une rapière complice, un ami en quelque sorte. Mais tout cela me paraissait maintenant bien loin. J'avais besoin d'un projet plus ambitieux. L'idée était de créer une dépendance de la rapière à mon égard. Gorgielle, par exemple, n'avait pas besoin de Hurlanc. Un autre que lui, j'en étais la preuve, pouvait la manier sans gêne. Je voulais une rapière à la limite du vice, là où je saurais tout juste la contrôler tout en devant rester sur mes gardes de peur qu'elle ne me trompe. Elle devait aiguiser sans cesse ma suspicion.

Je la voulais également prompte au dialogue, afin qu'elle puisse me donner son avis et que nous confrontions nos vues. Les idées d'une rapière ne devaient pas manquer de saveurs. Hurlanc était d'accord. Un point de vue sur les hommes par l'âme d'une rapière pouvait toujours étonner et vous faire avancer. Mais l'essentiel, pour moi, était de prendre tous les risques pour la rendre très dangereuse, autant pour moi que pour les autres. Seul un lien, qui restait à trouver, assurerait mon emprise sur elle.

L'idée surgit de quelques mots que j'avais échangés, à l'époque, avec maître Guillaume. Nous étions assis dans le jardin et il me parlait d'un baron au nord du royaume.

— Sais-tu ce qu'ils ont inventé, dans cette baronnie ?

— Non.

— Pour s'assurer que leur baron se consacrerait entièrement à la bonne marche de leurs terres, la coutume veut qu'il soit rendu aveugle le jour de son accession au titre de baron. Ainsi, prend-il, soi-disant, toutes les grandes décisions en âme et conscience, insensible aux dissipations quotidiennes du regard. Etrange, tu ne trouves pas ?

Aveugle… Si ma rapière, contrairement à Gorgielle, était aveugle ? Si j'étais le seul à pouvoir lui montrer, quand je le déciderais, les choses et les hommes ? En cas de duel, je lui ouvrirais mes yeux et elle combattrait nécessairement par moi. Il fallait, en tout état de cause, qu'elle ait *besoin* de voir, que cela soit un appétit insatiable.

Je parlai à Hurlanc de « l'aveuglement » de la lame. Il écouta jusqu'au bout et donna son accord, bien qu'il ne fût sûr de rien. Pour lui, l'idée était nouvelle. Le dessin de la rapière suivit rapidement. Après Gorgielle, il me fallait une âme féminine. Les rondeurs étaient l'élément déterminant. Mais à cela, j'ajoutai le sentiment d'agressivité. Selon Hurlanc, il suffisait de denteler très légèrement la lame pour lui donner cette volonté de *déchirer* son adversaire. A peine visible, cette dentelure accoucherait, toujours selon Hurlanc, d'une âme cruelle et déterminée. J'appréhendais fortement le résultat. La théorie m'amusait mais qu'en serait-il lorsque la rapière serait une réalité, une lame consciente et affirmée ? J'éludai la question.

Enfin, lorsque l'heure fut venue de s'intéresser à son esprit retors et investigateur, Hurlanc choisit de casser systématiquement toutes les courbes de la garde. Les circonvolutions du métal donneraient à l'âme ce caractère réfléchi et questionnant. Les cassures lui prêteraient cet esprit retors, menaçant sans cesse de se retourner contre vous. Hurlanc ajouta lui-même quelques détails, dessinant par exemple un pommeau extrêmement lisse susceptible de contrebalancer les tracés tortueux de la garde. L'aveuglement de la lame ne posait pas de problème, disait Hurlanc :

— Je vais voir Diurne et lui demander de tailler une branche pour moi. Il a déjà fait ça. Ensuite, ses yeux la réduiront en poudre et je recouvrirai entièrement ta rapière avec. Un procédé dont je garde le secret ! Cela lui donnera un cachet supplémentaire. Noire comme le jais, elle devrait impressionner tes adversaires. Mais tu es prévenu. Je n'ai jamais tenté l'expérience.

Nous étions à la fin du mois, quand enfin Hurlanc me demanda de rester pour la soirée.

— J'accoucherai de ta lame cette nuit. Tu resteras auprès de moi. C'est toi qu'elle doit voir en premier lorsqu'elle naîtra. Pour l'instant, suis-moi.

Je lui emboîtai le pas. Il déplaça une vieille

commode accolée au mur et me montra une lourde dalle de pierre :

— Aide-moi.

Nous n'étions pas trop de deux et la pierre consentit, après maints efforts, à bouger. J'étais terriblement anxieux. Bientôt, une rapière *vivante* battrait contre ma cuisse et partagerait ma vie. Une femme sur le point d'accoucher ressentait-elle la même chose ? Hurlanc ne me laissa pas le temps d'y réfléchir. Il m'agrippa par la manche et me fit descendre les marches qui menaient au sous-sol.

L'endroit était entretenu. Pourtant, Hurlanc ne m'en avait jamais parlé. A cette volée de marche succédait une petite pièce nue percée d'une grande porte en fer. J'observai Hurlanc du coin de l'œil. Il n'avait pas l'air particulièrement effrayé. Seules ses mains, qui tripotaient sans cesse une lourde clé, trahissaient sa nervosité.

La porte ouvrait sur une salle circulaire, creusée, comme la pièce précédente, dans la roche. Un candélabre, posé par terre, éclairait une partie de la pièce. Le reste disparaissait dans l'ombre mais le Souffre-jour m'avait adopté depuis longtemps et je vis distinctement une forme au sein de l'obscurité.

— Reste près de moi, Agone. Ne fais rien tant que je ne te l'ai pas ordonné.

Hurlanc s'approcha de la forme qui s'avança elle aussi et apparut dans la lumière. C'était une fée ou quelque chose lui ressemblant. Assise dans un petit fauteuil roulant, elle mesurait un peu plus de cinquante centimètres et son visage était celui d'une vieille femme. Sa peau ridée semblait sur le point de tomber en lambeaux tant les âges l'avaient marquée. Dans son dos, j'aperçus deux petites ailes noires et flétries qui battaient faiblement. Malgré sa vieillesse, le visage restituait encore ses traits maléfiques. Tout en elle inspirait le dégoût. Ce n'était pas à proprement parler de la laideur mais une dissonance dans chacun de ses traits. Comme si le visage s'était pétrifié dans un moment de colère et de haine. Malgré le froid, j'étouffais. Elle m'épiait, dardant ses petits yeux de sorcière et battant ses ailes de plus en plus furieusement. Hurlanc s'approcha d'elle et, se penchant, lui chuchota quelques mots à l'oreille. Ses ailes s'immobilisèrent et elle ébaucha à mon intention un sourire qui me fit frémir.

— Approche, approche, dit-elle d'une petite voix aiguë.

J'obéis. De près, elle était encore plus terrifiante. Sa petite main parcheminée se glissa dans la mienne et elle me dit :

— J'ai bien écouté ton maître, Agone. Et j'ai vu ta rapière. Elle fera de grandes choses si tu sais t'en servir. Mais tu as pris des risques, de grands risques.

Hurlanc, à côté de moi, sortit une rapière de son fourreau, ma rapière. Elle était telle que je l'avais vue sur le papier. D'un noir profond, elle frappait d'emblée par sa cohérence. En dépit de toutes mes exigences, Hurlanc avait su forger une rapière d'une étonnante simplicité. J'avais imaginé un ouvrage complexe, des formes intrigantes et un métal travaillé jusqu'au moindre détail. Alors qu'en apparence, on aurait dit qu'elle avait été taillée d'un seul tenant dans de la pierre noire. Mais lorsque le regard s'attardait sur la garde ou la lame, le véritable travail de Hurlanc apparaissait. La garde, en fait, ressemblait aux branches d'un souffre-jour et formait une sorte de cloche dans laquelle ma main se glissa avec douceur. L'équilibre était parfait. Je dressai la lame juste devant mes yeux. Elle était effilée à l'extrême et la dentelure, invisible, ne se devinait qu'en passant le doigt dessus.

— Maintenant, je vais m'occuper d'elle, dit Hurlanc en me la reprenant des mains.

La vieille fée, sur son fauteuil, avait agrippé le bas de ma chemise :

— Lui as-tu choisi un nom ? murmura-t-elle.

J'avais longuement hésité. Pour ce que j'en savais, la plupart des hommes d'armes aimaient baptiser la leur après une bataille ou un événement particulier. Lequel s'imposerait pour une rapière nouveau-née ? Je préférais finalement attendre la naissance et choisir spontanément à ce moment-là.

— Lâche-le, vieille folle, intervint Hurlanc d'une voix méchante.

Elle étouffa un juron et s'écarta de moi. Hurlanc poussa brutalement son fauteuil qui roula jusque dans l'obscurité. Il s'approcha de moi et me dit :

— Je ne t'ai jamais parler d'elle. Seul Diurne connaît son existence. C'est elle qui va accoucher. Je ne suis qu'un gardien, en somme. Ne l'écoute pas. Elle voudrait se libérer, se venger de moi. Elle me déteste. Reste à l'écart.

Il disparut lui aussi dans l'ombre. Je ne distinguai que leurs formes mais je vis distinctement Hurlanc tendre la rapière à la fée. Qu'allait-elle en faire ? Le silence pesait sur la pièce.

Alors elle commença à marmonner, Hurlanc tournant autour d'elle comme un homme enragé. Soudain, elle cria et Hurlanc s'immobilisa. Une nouvelle fois, je restai interloqué. Où étaient les fumées, les flammes, et je ne sais quels effets baroques ?

— Avance-toi vite, Agone, appela Hurlanc.

Je pénétrai dans l'obscurité et m'arrêtai devant la fée. Elle tenait la rapière par la pointe et me la tendait. Je l'empoignai, le cœur glacé. Un liquide (du sang ?) poissait la garde et je refermai ma main à contrecœur. D'abord, il ne se passa rien. Hurlanc ne disait mot et la fée respirait en sifflant. Je ne voyais pas l'expression de son visage mais ses yeux brillaient comme des torches. Brusquement, mon esprit fut assailli par une présence. C'était une conscience acérée comme un aiguillon qui tâtonnait et blessait mon âme. Je répondis à mon tour en lui intimant de se calmer. Elle obtempéra et commença à grandir doucement, palpant l'intérieur de mon esprit avec attention. L'impression était inexplicable. J'étais comme une créature bicéphale dont l'un des cerveaux émergeait d'un long sommeil.

Comment allait-elle réagir ? Aurait-elle la conscience d'un enfant ou celle d'un homme d'expérience ? Avait-elle seulement une idée de ce qu'elle était et de ce qui l'entourait ? Comme un homme se déplaçant à tâtons, elle déambula dans mon esprit et étancha sa soif, répondant ainsi à mes questions. Curieuse, elle faisait siennes mes pensées apparentes et fouillait là où elle le pouvait. J'étais capable de guider ses efforts, ouvrant ici et là ma conscience pour qu'elle se gorge de détails sur le monde. En quelques instants, elle devint une femme accomplie. Hurlanc et la fée ne bougeaient toujours pas, respectant mon silence.

— Où sont toutes ces choses ? dit-elle tout à coup.

Sa voix onctueuse me rappela celle de Gorgielle, sauf qu'un accent malin et trompeur lui prêtait un volume tout particulier.

— Dis-le moi, Agone, je ne vois pas toutes ces choses ?

— Tu es aveugle tant que je le désire.

Et je lui ouvris mes yeux. Elle ne dit rien mais j'avais la sensation que mes yeux ne m'appartenaient plus et roulaient dans leurs orbites, profitant de chaque seconde pour saisir le plus de détails possibles.

Hurlanc et la fée n'avait, naturellement, rien entendu de notre dialogue et je pris un malin plaisir à lire l'impatience dans leur regard. Mais Hurlanc, lui, n'y tint plus et demanda :

— Alors ?

— Alors quoi ? rétorquai-je. Elle est mienne, désormais.

J'exultai intérieurement. Et ma rapière se joignit à moi, me faisant partager son propre plaisir. Elle aimait ce qu'elle était. Elle voulait tout voir, tout savoir, se battre aussi. Elle était ce que j'avais désiré.

— J'ai oublié une petite chose, Agone, me confia Hurlanc. Peut-être va-t-elle en vouloir à Diurne de l'empêcher ainsi de voir par elle-même. C'est à cause de lui qu'elle est aveugle, en quelque sorte.

La rapière me fit sentir sa désapprobation :

— Que croit-il ? me dit-elle. Il t'a permis d'enseigner, n'est-ce pas ? Et je partage tout ce qui t'est bon…

J'avais perçu son ironie et je hochai la tête :

— Non, Hurlanc, elle le trouve *utile*, comme moi.

Il masqua difficilement sa déception et marcha à grands pas vers la porte :

— Tu as ce que tu voulais. Partons maintenant.

Je lui cédai de bonne grâce et m'éloignai sans un regard pour la fée. La rapière n'était pas du même avis, elle chuchota dans ma tête d'une petite voix :

— Adieu, Mère…

Hurlanc et moi étions à la porte de son pavillon. La lune brillait au-dessus du collège et la rue était déserte.

— Agone, fais bien attention. Ta rapière n'est pas encore tout à fait éveillée. Garde-toi de mauvaises surprises.

— Ne crains rien. Nous allons très bien nous entendre.

Il était dépité comme s'il s'était attendu à autre chose. Et je savais très bien à quoi. Je le soupçonnais depuis longtemps et cette nuit avait dissipé ma réserve : Hurlanc en voulait à Diurne et s'échinait à me dresser contre lui. Pour quelles raisons, je l'ignorais mais j'étais résolu dès maintenant à en savoir plus.

De retour chez Arlequin, qui restait invisible, je m'enfermai dans ma chambre. Hurlanc m'avait offert un fourreau au cours du dîner et la rapière y trônait, superbe avec sa garde noire. Tu seras « Pénombre », décidai-je. Le mot résumait parfaitement l'atmosphère du collège et celle de sa naissance. Pénombre… Le nom lui plut et elle me remercia d'une caresse invisible.

VII

Le lendemain, Mélodène se contenta de hausser les sourcils en voyant Pénombre. Il ne posa aucune question mais son désaccord était perceptible. Mélodène avait conservé de la musique une plus grande sensibilité que Hurlanc. Il désapprouvait le cynisme perçu comme une motivation. Pour lui, il s'agissait d'un instrument, au même titre que la cistre, et il ne devait jamais diriger les autres sentiments. Hurlanc avait moins d'états d'âme ou était plus lâche. La fée cachée dans le sous-sol de son pavillon en était la preuve.

La matinée s'écoula dans un climat morose et nous déjeunâmes en silence. Lorsqu'il fut l'heure de rejoindre Hurlanc, Mélodène me retint sur le pas de la porte :

— Je vais retarder ton Accord, Agone. Sois sûr de ta rapière avant.

Il claqua la porte, un geste qui n'était dans ses habitudes. Alors que je m'engageai dans la rue, une mélodie triste s'éleva dans mon dos et me poursuivit jusqu'au pavillon de Hurlanc.

Il était décomposé. Ses yeux cernés témoignaient de sa fatigue comme s'il n'avait pas dormi de la nuit. Il m'attira dans le pavillon avec des gestes saccadés et me fit asseoir. Auparavant, il avait pris soin de fermer la porte et de la cadenasser. Les volets étaient fermés et la pièce était plongée dans l'obscurité.

— J'ai tout essayé, Agone. Du plus complexe au plus grossier. Rien n'y a fait. Je n'en peux plus. Ils s'impatientent, ils exigent des choses que je ne peux pas leur offrir. Que vais-je devenir, Agone ?

Je ne comprenais pas grand-chose. De qui parlait-il ?

— Je vais te faire rencontrer quelqu'un cette nuit.

Il parlait les yeux dans le vague et décroisait sans cesse ses jambes.

— Je ne peux rien de te dire avant. Peut-être la franchise aura-t-elle quelque influence sur toi ? On a trop souvent parler de duplicité. Tu l'as vécue au quotidien. Pour elle, tu as renoncé à des années de privations et d'études. Tu es devenu une éminence grise, Agone. J'ignore si mon enseignement t'aura profité. Regarde-toi. T'ai-je inculqué des valeurs ? J'ai surtout fait office d'assassin. Après moi, il ne reste rien de ta générosité, de ta douceur. Tu pensais par Préceptorale, tu ne penses plus que par toi. Tout se justifie, à ton égard, tant que cela te sert. Est-ce la bonne solution ? J'aimerais être sûr que tu seras sans concessions. Que l'héritage préceptoral a disparu à jamais et ne risque pas de faire hésiter ton bras les jours de sang. A te vouloir aussi dur que nos professeurs, j'espère que tu le seras encore plus qu'eux. Le royaume s'apprête à subir de grands changements, Agone. Tu es susceptible d'écrire une partie de son histoire. Ils ne s'étaient pas trompés, tu es exactement comme l'avait dit ton père...

J'écoutais sans discerner ce à quoi il voulait en venir. Les Psycholunes s'apprêtaient-ils à se servir de leurs Cahiers gris ? Et quel rôle pouvais-je jouer ?

Diurne. J'étais persuadé qu'il était la clé de voûte des étranges paroles de Hurlanc.

— Ce soir, ajouta-t-il, tu attendras à la pension, dans la grande salle. Arlequin est au courant. Non, ne dis rien. A ce soir.

Nous consacrâmes l'après-midi au duel. Hurlanc avait insisté pour prendre Gorgielle. Elle et Pénombre firent connaissance et se détestèrent. Nous suivions avec peine leur frénésie. Nous nous reposâmes très peu et je savais pertinemment que Hurlanc, armé de Gorgielle, n'était pas sûr de pouvoir arrêter son geste si jamais il passait ma garde.

Nous combattîmes avec un étrange sérieux et sans un mot. Pénombre s'installait dans mon esprit, y prenait ses aises et, comme Gorgielle, profitait du combat pour se rassasier à la source de mes souvenirs des Bas-quartiers. Son agressivité était démesurée. Gorgielle avait aussi cet appétit meurtrier mais Pénombre, elle, exigeait la blessure, la souffrance. Je m'y étais résigné. Avec elle, il n'était plus possible de se battre avec esthétisme. L'honneur cédait la place au vice et je ferraillais comme un voleur, multipliant les coups bas et les ruses. Par deux fois, elle effleura le visage de Hurlanc. Lorsqu'il avoua être éreinté et ne plus pouvoir continuer, deux profondes estafilades, sur le front et la joue, marquaient son visage congestionné par l'effort.

Il exigea que je dîne à la pension.

— Nous te rejoindrons là-bas, dit-il d'une voix complotante. Arlequin te tiendra compagnie en attendant...

Devant la pension, deux élèves grommelant me laissèrent passer avec mauvaise volonté. Je trouvai Arlequin en train de fermer les volets de la grande salle.

— Il faut être discret, ce soir. Je reçois ! clama-t-il. Ils ne peuvent pas m'entendre, n'aie aucune crainte.

Effectivement, j'entrevis, par une fenêtre encore ouverte, les deux élèves s'éloignant à grands pas, la mine renfrognée.

— Ils voulaient boire, je ne pouvais pas, pas ce soir !

Arlequin ne m'avait jamais paru aussi excité. Il bondissait plus qu'il ne marchait et son masque, légèrement de travers, le faisait ressembler à un amuseur distrait.

— Quelle journée, quelle journée, vraiment !

Il soliloquait tout en passant des coups de chiffon machinaux sur des tables déjà rutilantes.

— Il ne faut pas les décevoir, non, sûrement pas...

Je n'écoutai pas la suite et montai dans ma chambre. Il me fallait du calme pour réfléchir. Qui pouvais-je donc bien rencontrer ce soir ? Je tapotai nerveusement sur la garde de Pénombre, conscient d'une atmosphère qui allait en s'alourdissant. Je pensai à Mélodène que j'avais déçu en choisissant une rapière aussi sinistre. Il devait se douter que son caractère obéissait à un mal notoire. Etait-il au courant de cette mystérieuse rencontre ?

Je descendis dîner. Arlequin tournoyait autour de moi, astiquant sans relâche tables et chaises, torchères et chandeliers. Il finit enfin par rejoindre son comptoir, où il posa religieusement trois verres et se contenta de rester debout, le visage tourné vers la porte.

Ma tension croissait de minute en minute. Soudain, la porte s'ouvrit et trois personnes, suivies de Hurlanc, pénétrèrent dans la pension. Je les connaissais : Pardiem, l'Eclipsiste, l'échevin Deséade et... Lerschwin, le farfadet. Je ne m'attendais pas à les voir ici. Arlequin s'était déjà levé et soufflait toutes les lumières à l'exception de la chandelle qui éclairait ma table.

Pardiem avait changé. Son regard était plus dur et il paraissait aussi fatigué que Hurlanc. Seul le farfadet arborait une mine confiante et vint s'asseoir près de moi. Les autres gagnèrent le comptoir où Arlequin s'empressa de les servir. Mon cerveau bouillonnait, les souvenirs se mélangeaient.

— Soyez attentif, Agone, dit gravement Lerschwin. L'heure n'est plus aux faux-semblants. La mascarade touche à sa fin.

Je restais pétrifié sur ma chaise, sans esquisser le moindre geste. Ces personnages me rappelaient trop mes faiblesses, l'Agone de Préceptorale.

— Votre père savait beaucoup de choses sur vous. Nous nous en sommes servis, autant vous le dire franchement. Votre venue au Souffre-jour avait été savamment calculée par votre père et nous autres, Eclipsistes. Malheureusement, Hurlanc s'est trompé et a échoué.

Je tournai la tête pour regarder mon maître d'armes. Il était assis près du comptoir, le regard perdu dans son verre.

— Oubliez-le. Il a suffisamment compromis

les choses, intervint Lerschwin.

Il pointa un doigt sévère sur ma poitrine :

— Vous n'êtes pas banal, jeune homme. Vous nous avez causé beaucoup de tracas. L'affaire, pourtant, était bien préparée. Notre mise en scène était irréprochable. Dans l'auberge, d'abord, sur une petite route de campagne, où vous avez réalisé combien vous étiez fragile et impuissant. Et puis, ce jeu permanent dans le collège orchestré par Hurlanc. Ses élèves, entre fanatisme et bonne foi clinquante, qui ne pensaient qu'à vous étriper ou à vous effrayer. Nous avons cru, un moment, que Gorgielle allait enfin vous emporter et faire de vous l'assassin dont nous avions besoin. Mais non ! s'écria-t-il. Agone, le bienheureux, se satisfait de cette déferlante maléfique et la fait sienne sans aucun état d'âme. (Il agitait son doigt devant mes yeux.) Tss... tss, Agone, mon cher Agone. Faut-il que les précepteurs soient aussi incompétents ? J'avais imaginé un jeune naïf sans prétentions. Mais la mort vous a toujours enivré, même à Préceptorale. Vous êtes resté le même, un aristocrate pervers sans conscience ni remords. Vous m'impressionnez, Agone. Nous avons cru qu'en rappelant à vous les souvenirs des Bas-quartiers de Lorgol, vous deviendriez un monstre sans intelligence. Mais l'enseignement du Souffre-jour n'a pas fait que raviver vos souvenirs. Il les a fortifiés et a fait de vous ce monstre, oui, mais un monstre froid et calculateur. Pourquoi pas ? Cela m'oblige à improviser. C'est aussi le lot de la magie et j'y suis suffisamment versé pour m'essayer à ce petit jeu. Vous pouvez encore nous servir, Agone, et vous allez, cette nuit même, assassiner Diurne.

Je n'étais pas vraiment surpris. L'étrange comportement de Hurlanc se justifiait pleinement. Mais qu'espérait ce pauvre Lerschwin ? Jamais je n'irais attenter à la vie de Diurne. Lui et Mélodène m'étaient bien trop précieux.

— Nous ne venons pas les mains vides, bien entendu, reprit le farfadet. Nous devons conclure un marché, dès maintenant, Agone. Ni plus ni moins. Vous avez la confiance des souffre-jours. Personne, moi ou un autre, ne pourrait avancer jusqu'à la tour sans que les Psycholunes ne soient prévenus et que les souffre-jours déchaînent leur colère. Et, dans ce cas, les Cahiers gris seraient perdus. Vous êtes étonné. Je me fiche éperdument de Diurne. Seuls les Cahiers m'intéressent. Mais Diurne tient les arbres. S'il meurt, le collège sera impuissant. Je n'ai pas beaucoup de temps. Actuellement, les plus grands mages de l'Eclipse travaillent depuis plusieurs navires au large du collège pour que les arbres ne se méfient pas trop de moi. J'ai voulu prendre ce risque pour vous parler. Agone, nous sommes à même de vous offrir une chose à laquelle une personne comme vous ne pourrait prétendre en temps normal. Je veux parler de la magie. A l'encontre de tous nos principes et du Cryptogramme-magicien, un fils de baron se voit offrir la magie. Non, vous ne réalisez pas ce que cela peut vouloir dire... Le royaume se meurt. Les intrigues des éminences n'y feront rien. Seuls les Cahiers gris peuvent changer la situation et nous permettre de reconstruire le royaume. Une fois en leur possession, l'Eclipse, et elle seule, fera de ce royaume un Empire !

Il était particulièrement convaincant. Il ne mentait pas, j'étais prêt à le jurer. Ses yeux avaient un éclat visionnaire et mon esprit se concentrait sur un seul mot : magie. Je perdais l'Accord pour la magie.

J'avais dû penser tout haut car Lerschwin se pencha en avant et susurra :

— Perdre l'Accord ? Vous n'y pensez pas. Hurlanc m'a expliqué la situation. Voilà déjà bien longtemps que vous êtes accordé, depuis cette fameuse nuit dans la taverne de Sanguine.

Hurlanc n'avait donc aucun secret pour le farfadet.

— Expliquez-vous, répliquai-je

— C'est bien simple. Mélodène vous a caché qu'il vous avait accordé, uniquement pour avoir le temps de s'assurer que vous étiez le personnage qu'il souhaitait. Mais, comme ce diable de Hurlanc, il s'est trompé. Vous ne perdez rien en acceptant mon marché.

Il s'impatientait. Pardiem s'était levé pour entrouvrir un volet et dit :

— Ils ne bougent pas.

Il parlait des souffre-jours. Combien de temps restait-il avant qu'ils ne perçoivent les Eclipsistes. A ce moment, tout serait perdu. Ma présence à leur côté m'interdirait d'approcher de la tour. Il fallait que je joue avec le temps. Je pensais à Mélodène, à Hurlanc, aux autres professeurs. Que se passerait-il si le collège tombait ? Hurlanc se sacrifiait pour l'Eclipse ? Cela ne cadrait pas avec son personnage.

— Bon sang, Agone, dit Lerschwin. Vous ne pouvez pas hésiter ! Vous rendez-vous compte ? Je vous offre ce qu'aucun homme n'a jamais été avant vous : mage et Accordé.

Il devait détester être ainsi pris à la gorge. Mes atermoiements le rendaient fou. Il se tourna vers le comptoir, prenant ses compagnons à témoin :

— Vous y comprenez quelque chose, vous ? s'esclaffa-t-il d'un rire nerveux. Ce garçon me rend fou. (Il se hissa debout sur la table.) Choisissez, Agone ! Votre comédie a assez duré. N'espérez pas m'arracher d'autres concessions. Et assumez une bonne fois pour toutes ce que vous êtes devenu. Vous êtes un individualiste patenté, Agone.

N'essayez pas de me faire croire que vous êtes ému à l'idée de trahir Diurne ou Mélodène. Ils ont fait leur temps. Ce soir, le royaume bascule. Soyez-en l'artisan. Vous ne le regretterez pas.

S'il avait pu, il m'aurait foudroyé de sa magie. Il me haïssait pour la simple raison que j'étais son unique espoir. Je pesais avec soin ses déclarations. Trahir encore... Lerschwin avait raison. Je voulais me persuader que j'étais attaché à Diurne, qu'il me serait impossible de le menacer. Et pourtant, je compris que seule l'idée que mon acte fût *jugé* par d'autres me gênait. Que seule l'opinion des autres m'importait. L'acte en lui-même ne me posait pas de vrai problème. Cette constatation, si odieuse fût-elle, avait le mérite de ne plus me faire hésiter. Il me répugnait seulement de faillir à la confiance de Mélodène. Mais il m'avait menti. Je l'écartai donc de mon esprit.

— Très bien, Lerschwin, dis-je en me levant brusquement. Je vais aller jusqu'à la tour et vous ouvrir les portes du collège. Une chose cependant. Vous m'avez longtemps trompé et, malgré moi, je consens à croire que vous respecterez votre part du marché... Si ce n'était pas le cas, croyez-moi, vous paieriez chèrement votre entrée dans le Souffre-jour.

En pensée, je savais pertinemment que cela ne changerait rien. S'il était décidé à m'abandonner dès qu'il aurait ce qu'il voulait, je n'y pourrais rien. Je jouais l'avenir sur la parole d'un farfadet, et de surcroît mage de l'Eclipse.

— Nous quittons de ce pas le collège, ajouta-t-il. Nous interviendrons sur un signe de vous ou dès que les souffre-jours montreront qu'ils ont perdu leur maître.

Je me doutais bien qu'il commanderait à ses gens avec prudence. Pour ma part, j'ignorais totalement de quelle manière j'allais bien pouvoir échapper aux arbres une fois Diurne mort. Si je réussissais à l'atteindre, du moins...

Je quittai la pension. La rue silencieuse m'emplit d'une immense tristesse. L'imminence de la mort de Diurne lui prêtait déjà le parfum d'un lieu en sursis, voué à disparaître. Mon esprit, agité de pensées morbides, imaginait les mille et une façons dont allait se dérouler la confrontation avec Diurne.

La rue était déserte. Le collège ne se doutait de rien. Elèves et professeurs dormaient à l'abri de leur pavillon. Mes yeux s'attachaient surtout aux arbres. Ils étaient les seuls à pouvoir m'arrêter. J'essayai aussitôt, dans la mesure du possible, de faire le vide dans ma tête, de chasser l'image d'un Diurne aux yeux fermés à jamais. Pénombre pendait le long de ma cuisse, et sa présence m'insuffla un regain de confiance.

Je dépassai en silence le Pensoir. Le rideau de la porte s'agita, gonflé par une brise légère. Je sursautai, craignant un instant qu'Elios ou un autre Psycholune ne surgisse et n'alerte le collège. Mais le rideau retomba, inerte.

Je m'arrêtai au pied du tronc. Les branches qui, habituellement, composaient un petit escalier amenant jusqu'à la tour s'étaient rétractées. Les arbres soupçonnaient-ils déjà quelque chose ? Je me retournai pour regarder le collège. Etait-ce de la paranoïa ou les branches qui émergeaient au-dessus des toitures s'agitaient dangereusement ? Les souffre-jours grondaient d'une colère encore aveugle. Elle commençait à s'enfler et menaçait de prévenir tout le collège. Je sortis Pénombre de son fourreau et lui laissai accéder à ma récente conversation dans la pension.

— Eh bien ! Tu ne manques pas de toupet, cher maître, s'écria-t-elle. Dépêchons, voyons, il ne nous reste plus beaucoup de temps !

Son accord tacite à cette terrible entreprise me réconforta.

Je l'empoignai avec force et, m'en servant comme point d'appui, je commençai à escalader le tronc. L'arbre ne comprenait pas ce qui se passait. Il agitait ses branches sans savoir quelle attitude adopter à mon égard. La pointe de Pénombre le blessait mais il me faisait toujours confiance et je ressentis, par l'entremise de

Pénombre, son immense désarroi.

Avant qu'il ne puisse intervenir, j'avais atteint la grille et m'engouffrais dans la tour. Je traversai rapidement les deux salles aux portraits. Je voulais surtout faire vite. Je repensai à ces quelques mots de Hurlanc : « J'aimerais être sûr que tu seras sans concessions ». Une partie de mon cerveau était capable d'arrêter mon bras, je le pressentis. Je m'efforçai, en montant les marches qui menaient à la chambre de Diurne, de ne penser qu'à la magie, ma récompense...

Diurne ne dormait pas et je ne cherchai pas à me dissimuler, car j'avais décidé d'assumer mon geste. Il était assis dans l'un de ses grands fauteuils et m'observait en silence. J'avais eu l'intention d'être expéditif et de le tuer dès qu'il serait devant moi. Mais mes bras restaient pendus le long du corps, Pénombre traînant par terre. Son regard me désarma aussi sûrement qu'un maître d'armes chevronné. Il avait découvert ses yeux, ramenant ses longs sourcils derrière ses oreilles. Crépitants d'étincelles noires, ils me dévisageaient calmement.

— Avance, Agone, dit-il d'une voix basse.

J'obéis et me figeai devant lui. D'assassin sans scrupules, j'étais devenu coupable. Ses yeux étaient plus forts. Leur romantisme annihilait ma volonté.

— J'ai… J'ai pris une décision difficile, Agone.

Sa voix hésitante accentua ma culpabilité. Il paraissait si frêle, si vulnérable.

— Je sais pourquoi tu es là. Pénombre a bien voulu me le faire savoir en se servant de mes arbres, reprit-il. Ta rapière n'a pas pensé en mal. Elle était persuadée que c'était pure folie de vouloir me tuer, que, même si tu réussissais, les souffre-jours t'empêcheraient de savourer ton meurtre. Elle n'avait pas tort, tu sais. Jamais tu n'aurais quitté cette tour vivant.

J'ai longuement pesé ce que Pénombre m'a laissé voir et entendre de ta conversation avec ce farfadet.

Il a raison, je crois. Les éminences officient depuis plus de trente ans et le royaume n'a pas évolué. Les barons obéissent toujours à de piètres instincts qui appauvrissent et font lentement sombrer ce pays. J'aime ce royaume, Agone. Tu as pensé sans doute que je vivais comme un ermite, uniquement sensible aux charmes des femmes de ce collège. Elles m'ont aidé à ne pas voir l'inutilité de nos efforts. Les Psycholunes ont malheureusement fini par croire en moi et à refuser de se servir des Cahiers pour changer les choses. Ils craignaient, si mon petit monde s'effondrait, de voir ma raison basculer. Leur dévouement a fait obstacle à l'épanouissement du royaume. Quant aux professeurs, tenus en vie par les arbres, ils ne voulaient surtout pas risquer de voir disparaître le Souffre-jour. Nous étions condamnés à voir le temps nous rattraper. Nous n'avons pas su saisir notre époque à bras-le-corps. En manquant de courage, nous avons failli au royaume. Les Cahiers doivent quitter le Pensoir et servir à l'unité du pays.

Et je préfère que l'Eclipse s'en charge plutôt que les éminences. Les Eclipsistes seront plus efficaces. Le Souffre-jour a trop marqué nos éminences. Il leur a prêté un romantisme désuet qui n'en a pas fait de véritables hommes d'Etat. Un royaume se conduit nécessairement au prix du sang, je le réalise seulement maintenant. Les éminences n'ont pas une vision suffisamment large. Ce sont de grands personnages dans l'ombre des couloirs, dans des conversations feutrées et intimistes. Mais il leur manque ce caractère volontaire et grandiose que Lerschwin saura mettre en œuvre. L'Eclipse dépassera le cadre étroit des cours de nos barons pour étendre son influence dans tout le royaume. Elle est la seule, à la réflexion, à pouvoir opérer sa renaissance. Jornistes ou Obscurantistes n'auraient pas eu, de toute façon, la même souplesse d'esprit. En concédant au bien ou au mal, l'Eclipse pourra donner toute leur dimension aux Cahiers gris.

Mais pour cela, je dois livrer ce collège à la mort. L'Eclipse ne laissera pas les élèves témoigner. Et je crains que les éminences subissent aussi le même sort. Je n'y peux rien. Cette maudite raison d'Etat l'emporte sur ce genre de considération. Tu n'auras pas à donner le coup fatal, Agone. Je m'en chargerais. Je vais m'effacer ou presque. Le Souffre-jour continuera de vivre, par toi.

Il se leva pour attraper une minuscule petite boîte.

— A l'intérieur, j'ai laissé un cil. Il donnera naissance, quand tu le jugeras bon, à un souffre-jour. Cet arbre unique deviendra le témoignage du sacrifice de ce collège. Il parlera pour nous, pour toutes ses éminences qui ont donné leur vie sans compter.

Je savais déjà que je respecterais coûte que coûte son désir. Le souffre-jour avait une beauté inégalée et je m'assurerais qu'il vivrait.

— Maintenant, je vais mettre fin à nos tourments. J'emporte ton image avec moi, Agone. Tu as mon respect. Tu as l'inestimable valeur d'être de ton époque. Je t'envie.

Il me sourit avec compassion et sa tête oscilla un instant avant de tomber sur son épaule. Il ne bougeait plus. Il était mort, emporté par les Dieux comme un vieillard arrivé au terme de sa vie. Ses yeux crépitèrent encore quelques secondes et une dernière étincelle bondit pour se perdre dans les replis de ma chemise.

Je pleurai. J'oubliai tout, je ne voyais que l'enfant-homme suicidé pour son royaume.

Je recouvris mes esprits bien plus tard et j'écoutai, m'attendant à surprendre les hurlements désespérés des souffre-jours. Mais le collège restait plongé dans son silence. Je descendis lentement les marches de la tour jusqu'à la grille, la petite boîte dans le creux de ma main.

Le collège ignorait le drame. Plus loin, sur le bras de terre, il me sembla distinguer des ombres qui approchaient rapidement. A en juger par leur allure, c'était des cavaliers, une troupe nombreuse qui se précipitait vers le collège à bride abattue.

Soudain, le rideau du Pensoir s'écarta. Je vis Elios en sortir précipitamment et regarder dans la même direction. Presque aussitôt, il se retourna et me découvrit, debout devant la grille. Je crois qu'il comprit sur le coup. Il poussa un cri inarticulé et se précipita dans le Pensoir. Je descendis rapidement le long du tronc. Au large, plusieurs dizaines de lumières se mirent à scintiller. Je courus le plus vite possible vers le pavillon de Hurlanc. Il fallait que je trouve un refuge en attendant que l'Eclipse fasse irruption.

Hurlanc m'ouvrit sans prononcer un mot et ferma la porte derrière lui. Je m'approchai d'un volet entrouvert pour observer la rue.

Les Psycholunes étaient sortis du Pensoir et tambourinaient à toutes les portes, réveillant le collège en criant la mort de Diurne. Les élèves sortaient, un à un, hébétés, ne sachant que faire. Les Psycholunes, hystériques, montraient du doigt les cavaliers qui approchaient rapidement.

Certains élèves et quelques professeurs comprirent ce qui se passait. Je les vis se précipiter à l'entrée du collège, la rapière à la main. Gabriel Osme était à leur tête. D'autres choisirent de se barricader et des portes claquèrent violemment.

Les souffre-jours commencèrent à s'agiter. Leurs branches tremblaient et, pour la première fois, les toitures parurent souffrir de cette présence. Les arbres devenaient réels. Les branches, petit à petit, prenaient consistance et des bouts de bois se mirent à pleuvoir dans tous les pavillons. Les ardoises se décrochaient et dégringolaient dans un vacarme strident avant de se briser en mille morceaux sur le sol. Je cherchai Elios des yeux. Il demeurait invisible. Il était le seul à m'avoir vu dans la tour et j'étais persuadé qu'il tenterait de me retrouver. Je sursautai, lorsque, au même moment, un coup sourd ébranla la porte.

— Ouvre-moi, Agone, dit Mélodène de l'autre côté de la porte.

Que voulait-il ? Je redoutais notre rencontre. Hurlanc m'interrogea du regard. Il ne voulait pas non plus que j'ouvre. Mais la curiosité était trop forte. Tout en vérifiant par le volet qu'il était seul, je le laissai pénétrer dans le pavillon.

— Agone, il faut que tu me caches. Si les cavaliers me trouvent, ils me feront subir le même sort qu'aux autres. Je t'en supplie, Agone. Et ne me regarde pas comme ça, je joue ma vie dans cette histoire. Ils viennent pour les Cahiers, ils ne laisseront personne derrière eux.

Il ne savait pas. Pénombre, que je tenais toujours dans la main, m'alerta :

— Il est différent, Agone. Il obéit à une présence, je n'arrive pas à savoir laquelle, mais il ne s'appartient plus…

Le fantasme institué par le clavecin. L'influence des arbres ne retenait plus les maux qui rongeaient les professeurs du collège. Et celui de Mélodène ne valait pas une mort certaine. Il était possédé. Par un démon ou un fantasme terrible qu'il nourrissait en secret. Cela ne changeait rien. Ce n'était plus Mélodène. Je réalisai que sa voix avait changé : de douce et sereine, elle était devenue furieuse et crissante comme du métal rouillé.

— Je t'en prie, Agone.

Je restai impassible. Il se retourna vers Hurlanc.

— Toi, sauve-moi. Hurlanc, vite, je t'en supplie. Je ne veux pas finir comme eux, hurla-t-il en tendant un bras rageur vers la porte.

Mais ses suppliques n'y faisaient rien. Il nous regardait, cherchant un signe complice que nous lui refusions. Il s'approcha d'une fenêtre, guettant comme un voleur les cavaliers qui poursuivaient leur œuvre de mort. Soudain, une branche du souffre-jour glissa sur le sol et étendit sa pointe jusqu'à Mélodène. Il n'avait rien remarqué et la branche s'éleva lentement dans son dos. Elle se jeta sur lui sans prévenir et la violence de l'attaque cloua violemment son corps contre le volet de la fenêtre. Il était mort. Je me doutais que le souffre-jour avait agi à ma seule attention. Dans son agonie, il s'efforçait encore de protéger le dépositaire du dernier cil de Diurne.

Je fixais longuement son corps sans vie avant de comprendre ce qui me tracassait : la cistre…

J'avais laissé mon instrument dans son pavillon. Il n'avait pas le sien sur lui et j'allais être obligé de traverser la rue si je voulais quitter le collège en sa possession. Ne valait-il pas mieux attendre et tenter de trouver, plus tard, un artisan qui en fabriquerait une ?

De nouveau, je regardai dehors. Un fracas épouvantable s'élevait de l'entrée du collège. J'entendais distinctement le hennissement des chevaux. Les cavaliers étaient là. Ma décision était prise. Sans hésiter, je sortis dans la rue. Le spectacle était terrible. Les cavaliers, protégés par de lourdes cottes de maille, balayaient les rangs des derniers fidèles du Souffre-jour. Leurs rapières glissaient sur les armures sans causer le moindre dommage. Les cavaliers, eux, étaient armés de lourdes épées et fauchaient professeurs et élèves sur leur passage, n'épargnant personne. L'issue du combat ne faisait aucun doute. Les plaintes des blessés et des mourants se mirent à couvrir le collège d'un voile de souffrance. Un professeur courait au milieu de la rue, le visage déformé par la peste. Les souffre-jours achevaient ceux qu'ils avaient protégés.

Je parvins au pavillon de Mélodène sans encombre. Les hommes de l'entrée avaient cédé devant les cavaliers qui se répandaient dans le collège. Chacun essayait d'échapper aux épées qui tombaient et fracassaient les corps des hommes et des femmes sans discernement. Je m'arrachai à ce spectacle et m'engouffrai dans le pavillon. La cistre de Mélodène était posée, intacte, contre le tronc du souffre-jour. J'allais m'en emparer lorsqu'une voix s'éleva dans mon dos. J'avais refermé la porte derrière moi. Elios se tenait devant, les bras croisés, le visage ne trahissant aucune émotion. Et puis, sortant de l'ombre, de tous les recoins de la pièce, d'autres Psycholunes s'avancèrent.

J'étais encerclé. Et le vacarme, à l'extérieur,

m'interdisait d'appeler au secours. Elios fit un pas vers moi :

— Tu l'as tué, Agone. Tu as tué l'enfant-homme… Nous lui avons consacré nos vies. Nous avons partagé ses craintes, ses espoirs, toujours intenses, toujours superbes. Et tu l'as tué. Comment ? Je l'ignore. Mais tu es coupable, cela ne fait aucun doute.

Au-dessus de nous, le toit n'en finissait plus de s'effilocher. Les craquements convulsifs du bois couvraient à moitié les paroles du Psycholune. Soudain, des échardes commencèrent à tomber comme des milliers de petites épines, se plantant avec un bruit mat dans nos vêtements. Le souffre-jour se mourait et entraînait le pavillon dans sa mort. Les échardes se précipitèrent vers nous de plus en plus vite, lacérant nos vêtements. Je me protégeai le visage tant bien que mal tandis que les Psycholunes refluaient massivement vers la porte.

Elios s'efforçait de les arrêter :

— Non, restez. Il doit payer. Restez, mes frères !

Il hurlait, insensible aux échardes qui labouraient son visage. Je m'étais réfugié au plus près du tronc, attendant que l'arbre s'apaise, qu'il épuise sa rage. Elios tituba. Son corps le trahit alors qu'il tentait encore de marcher sur moi, les mains tendues pour m'étrangler. Il s'écroula à mes pieds et ne bougea plus. L'arbre était rassasié. Dans sa douleur aveugle, il avait tué l'un des plus vieux serviteurs de Diurne.

J'enjambai le corps d'Elios, détournant le regard, et regagnai la rue. Un cavalier se tenait devant la porte, l'épée rouge de sang. Nous nous observâmes pendant de longues secondes avant qu'il ne détourne sa monture pour remonter la rue avec les siens.

La rue n'était plus qu'un couloir d'ombres ensanglantées. Les râles et les supplications résonnaient dans mon crâne et j'errai parmi les corps, l'esprit vide.

Pardiem apparut soudain et m'attira contre la porte d'un pavillon :

— Nous avons réussi, Agone. Les Cahiers sont à nous. L'Eclipse triomphe !

Il exultait.

— Viens, rejoignons Lerschwin au Pensoir.

Je le suivis comme un pantin, incapable de parler. Sous mes pas, je reconnaissais ici et là des visages, le regard éteint à jamais. Seule Pénombre et la cistre, suspendues dans mon dos, me rappelaient que je ne rêvais pas. Mon esprit se raccrochait désespérément à ces deux objets, liens ténus avec un Souffre-jour agonisant.

Nous dépassâmes le pavillon de Hurlanc et je retins Pardiem par la manche :

— Hurlanc... articulai-je.

— Il est mort, Agone. Son mal a été fulgurant. Lerschwin n'a rien pu faire. Viens, tu dois oublier tous ces gens, n'insiste pas.

Je l'écartai violemment et entrai dans le pavillon. Hurlanc se tenait là, son grand chapeau dans une main et Gorgielle dans l'autre, assis par terre contre le tronc du souffre-jour. Ses yeux grands ouverts me firent penser qu'il était encore vivant. Mais ils n'exprimaient plus rien. Hurlanc aussi était mort. Je me laissai tomber, à genoux, près de lui. Ma main s'attarda sur son visage. Il m'avait trompé mais son jeu m'avait finalement servi. Je le regrettais. J'aurais aimé quitter le Souffre-jour avec lui.

— Adieu, maître d'armes... murmurai-je.

Une pensée sordide m'effleura. Hurlanc disparu, je devenais le seul, hormis d'autres anciens élèves, à posséder une rapière telle que la mienne. Malgré les circonstances, je ne pus m'empêcher de sourire. Et la fée, qu'était-elle devenue ? Un coup d'œil sur la commode qui masquait la trappe m'assura que les cavaliers ne l'avaient pas trouvée. L'idée de lui venir en aide me répugna. Mais c'était une fée noire et l'avenir, un jour, pouvait me mettre sur le chemin de son peuple...

J'écartai la commode et déplaçai, à grand-peine, la dalle de pierre. La fée se tenait juste en dessous, recroquevillée sur une marche. Son petit visage était marqué par la souffrance mais elle parvint à ébaucher un signe de gratitude. Elle me tendit sa main et je la hissai doucement à travers la trappe. Je constatai qu'en guise de jambes elle n'avait que deux membres rabougris et inutiles. Ses ailes n'étaient pas en meilleur état et ne devaient sûrement pas lui permettre de voler.

— J'ai dû laisser mon fauteuil en bas de l'escalier, me dit-elle dans un souffle.

J'allai lui chercher et elle s'y installa en laissant échapper un soupir soulagé :

— Merci, jeune homme. J'ai bien cru finir sous cette trappe.

Ses yeux se posaient sans cesse sur le corps de Hurlanc et exprimaient une intense satisfaction. Je la poussai devant moi et nous sortîmes dans la rue.

Les cavaliers s'étaient rassemblés, en cercle, tout autour du Pensoir. Ils brandissaient à bout de bras de grandes torches dont l'éclat combattait l'obscurité moribonde des souffre-jours. Les rayons de la lune, déjà, la transperçaient à divers endroits. Lorsque j'apparus avec la fée, des regards intrigués nous suivirent jusqu'à ce que je franchisse la haie des cavaliers et que je parvienne au rideau qui masquait l'entrée du Pensoir.

J'entrai avec la fée. Les trois Eclipsistes se trouvaient dans la pièce et virevoltaient comme des enfants le long de la bibliothèque, caressant les Cahiers d'une main furtive. Lerschwin, le premier, me remarqua et se figea. Pardiem et Deséade firent de même. Nous restâmes là, dressés comme des statues, chacun attendant un signe de l'autre. Je me doutai que cet instant allait être crucial. Lerschwin pouvait encore ordonner à ses cavaliers d'en finir avec moi. Il pouvait aussi me faire jeter dehors et oublier sa part de marché.

Il ne fit rien de tout cela. La fée le gênait, à l'évidence, mais il vint près de moi et me dit :

— Enfin ! Agone. Nous allons pouvoir agir et caresser des rêves impériaux. Tout est là. (Il me montrait la bibliothèque.) Toutes les baronnies, dans les moindres détails, suivies jour après jour, mois après mois. Je ne suis pas un ingrat, Agone. Je vais moi-même m'occuper de toi. Je vais faire de toi un disciple et t'apprendre la magie. Suis-moi.

Dehors, un grand bateau effilé aux voiles d'argent venait de jeter l'ancre juste derrière le Pensoir. Les cavaliers mirent pied à terre et entamèrent le transport des précieux volumes du Pensoir au bateau.

La lune, désormais, avait entièrement chassé l'obscurité qui régnait en maître sur le collège depuis trois longues décennies. Mes yeux étaient exposés, pour la première fois depuis mon entrée au Souffre-jour, à une véritable clarté. Les souffre-jours avaient fini de se matérialiser pour devenir de vieux arbres noircis et sans âme. Lerschwin ne s'y était pas trompé et avait ordonné qu'on y mette le feu. Quelques cavaliers armés de torches s'exécutèrent. Le collège devait disparaître.

Poussant toujours devant moi la fée, je suivis Lerschwin qui nous fit monter à bord du navire.

— Et Arlequin, est-il mort lui aussi ? me chuchota la fée. J'aurais tant aimé le voir. Hurlanc m'en parlait souvent.

Je l'avais oublié. Où était-il ? Avait-il succombé comme Hurlanc à un mal longtemps tenu en échec par le Souffre-jour ? Lerschwin m'affirma le contraire :

— Il dort dans ma cabine, sur ce bateau. Vous n'êtes que trois à avoir survécu…

A l'aube, enfin, le bateau leva l'ancre. Toute la nuit, le collège avait brûlé et les pavillons s'étaient écroulés un à un. La tour avait été la dernière à s'effondrer. Je n'avais plus qu'une seule idée en tête : me soustraire à ce spectacle qui témoignait de ma trahison. J'avais toujours la petite boîte que m'avait confiée Diurne et gardais le secret pour moi.

J'étais sur le pont, la fée à mes côtés. Nous regardions s'éloigner les vestiges noircis du collège lorsque Arlequin parut et vint se joindre à nous.

— Triste, n'est-ce pas ? dit-il.

— Je regrette surtout mes professeurs. Mélodène et Hurlanc me manqueront. Ils m'ont offert chacun une chose de très grande valeur. J'espère pouvoir en être digne. J'aimerais surtout rencontrer d'autres Accordés, apprendre auprès d'eux la richesse de ce don extraordinaire. Sais-tu où nous allons ?

— A Lorgol.

Il m'adressa un clin d'œil plein de malice.

— Un endroit que tu connais bien, je crois..., conclut-il.

Le soleil apparut et je sentis soudain mes sourcils se convulser. Ils s'enflèrent et se déployèrent devant mes yeux. Diurne, à sa manière, me saluait et me demandait de ne pas l'oublier. Je les écartai lentement. La lumière du soleil m'aveugla et mes yeux pleurèrent. J'étais livré à l'obscurité, à jamais héritier d'un crépuscule.

Je m'emparai de la cistre et jouai, pour l'enfant-homme, une douce complainte jusqu'à ce que le collège disparaisse à l'horizon.

FIN

BOUTIQUES PARTENAIRES

FRANCE

13 - Bouches-du Rhône
Le Dragon d'Ivoire
64 rue Saint-Suffren
13006 Marseille
tel : 91 37 56 66

21 - Côte d'Or
Excalibur
44 rue Jeannin
21000 Dijon
tel : 80 65 82 99

25 - Doubs
Cadoquai
7 quai de Strasbourg
25000 Besançon
tel : 81 81 32 11

31 - Haute Garonne
Jeux du Monde
Centre commercial
Saint-Georges
31000 Toulouse
tel : 61 23 73 88

33 - Gironde
Le Temple du Jeu
62 rue du Pas Saint-Georges
33000 Bordeaux

34 - Hérault
Excalibur
8 rue Cauzit
34000 Montpellier
tel : 67 60 81 33

35 - Ille-et-Vilaine
L'Amusance
Centre commercial
des trois soleils
35000 Rennes
tel : 99 31 09 97

38 - Isère
Excalibur
18 rue Champollion
38000 Grenoble
tel : 76 63 16 41

44 - Loire Atlantique
Brocéliande
2 rue J.-J. Rousseau
44000 Nantes
tel : 40 48 16 94

Le Temple du Jeu
8 rue de l'Héronnière
44000 Nantes
tel : 51 84 05 05

51 - Marne
Excalibur
9 rue Salin
51100 Reims
tel : 26 77 91 10

54 - Meurthe-et-Moselle
Excalibur
35 rue de la Commanderie
54000 Nancy
tel : 83 40 07 44

PASSION JEUX DE RÔLES

57 - Moselle
Les Fléaux d'Asgard
2 rue Saint-Marcel
57000 Metz
tel : 87 30 24 25

59 - Nord
Rocambole
41 rue de la Clé
59000 Lille
tel : 20 55 67 01

63 - Puy-de-Dome
Le Quartier Blatin
3 rue Blatin
63000 Clermont-Ferrand
tel : 73 93 44 55

67 - Bas-Rhin
Philibert
12 rue de la Grange
67000 Strasbourg
tel : 88 32 65 35

69 - Rhône
Le Temple du Jeu
268 rue de Créqui
69007 Lyon
tel : 72 73 13 26

74 - Haute-Savoie
Virus
13 rue Filaterie
74000 Annecy
tel : 50 51 71 00

75 - Paris
Games in Blue
24 rue Monge
75005 Paris
tel : (1) 43 25 96 73

78 - Yvelines
Camisole
14 rue Montbauron
78000 Versailles
tel : (1) 39 20 97 46

86 - Vienne
Le Dé à Trois faces
35 rue Grimaud
86000 Poitiers
tel : 49 41 52 10

94- Val-de-Marne
L'Eclectique
Galerie Saint-Hilaire
94210 La Varenne Saint-Hilaire
tel : (1) 42 83 52 53

SUISSE

Au vieux Paris
1 rue de la Servette
Genève 1201
SUISSE
tel : 41 32 236 710

Delirium Ludens
Rüschli 17
CH 25 02 Bienne
SUISSE
tel : 41 32 236 710

BELGIQUE

Chaos
Galerie Gerardrie
Liège
4000 BELGIQUE
tel : 32 41 212 920

Achevé d'imprimer sur rotative
par l'Imprimerie Darantiere
à Dijon-Quetigny
en octobre 1995

Dépôt légal : 4e trimestre 1995
N° d'impression : 95-0960